囁きとともにゆっくりと顔が近づいてくる。
誓いをこめたくちづけに、ほたるは万感の思いで身を委ねた。

はつ恋《こい》ほたる

宮本《みやもと》れん

ILLUSTRATION：千川夏味《せんかわなつみ》

はつ恋ほたる

LYNX ROMANCE

CONTENTS

はつ恋ほたる

八月八日、午前十時。

漆黒《しっこく》の格子窓をすり抜けて、夏の日差しが色褪《あ》せた畳に影を落とす。窓を開けていても風は弱く、籠《こ》もった熱が攪拌《かくはん》されないまま長いこと部屋に留まっていた。

カチ…、カチ…、カチ…。

時計は暑さをものともせず、澄まし顔で時を刻んでいる。約束の時間まであと三十分と迫ったのを確かめて、ほたるはぐるりと自室を見回した。

――いよいよなんだ……。

とうとう、この日がきた。

そのすべてを目に焼きつける思いで眺《なが》めやる。いつもは気に留めない秒針の音も、秒読みのように聞こえるせいかやけに耳についた。

こうしていると、狭かったはずの六畳間がやけにガランとして見える。

机や椅子《いす》など必要最低限のものしか置いていないこともあるだろう。だから今さら整頓《せいとん》するまでもないのだけれど、自分がいない間に参考書が倒れないように、卓上照明のプラグは壁から抜いてと、思いつく限りのことを最後まで念入りに点検して回った。

生まれてから十九年過ごしたこの部屋ともしばらくの間お別れになる。寂しくないと言ったら嘘《うそ》になるけれど、自分には果たすべき役割が与えられたのだからと、ほたるは踏ん切りをつけるつもりで大きく深呼吸をした。

鞄《かばん》に入れていた財布《さいふ》を取り出し、カード入れから学生証を引き抜く。

今年の春、入学した大学で交付されたものだ。六条《ろくじょう》ほたるという名前の横に貼られた写真の自分がどこか不安そうな表情でこちらを見ている。おそらく今も、同じような顔をしているだろう。

「行ってくるね」

そんな自分に別れを告げるように学生証を引き出しにしまうと、ほたるは旅行用の手提《さ》げ鞄を手に部屋を出た。

これからの一年はこれまでとは大きく違う。大学生としての六条ほたるではなく、叶家《かのうけ》次男の許嫁《いいなずけ》、六条ほたるになるのだから――。

決意とともに軋《きし》む廊下を踏み締める。

この家が建てられたのはほたるの父の、さらにその祖父の代のこと。

当時は豪奢《ごうしゃ》と言われた家屋も築六十年を越え、あちこち傷《いた》みはじめている。居住空間である二階はそれが顕著《けんちょ》で、年季の入った板張りの廊下はわずかな重みにもギィと鳴った。

受験生の頃は夜遅くまで起きていることも多く、トイレに立つたびに向かいの部屋で休む両親からうるさいと怒られたものだ。この件に限らず、どんなに理不尽《りふじん》だと思っても口答えは許されなかった。この家では昔から父母の言うことが絶対だったからだ。

そんな両親の部屋の前に立つと今でも条件反射で身体《からだ》が強張《こわば》る。

それでも大切なけじめだからと、ほたるは思いきって襖《ふすま》の引手に手をかけた。

「失礼します」

襖を開けた途端《とたん》、並んで座っていた両親がじろりとこちらを見る。怯《ひる》みそうになるのをこらえて、ほたるはふたりの前に進み出た。

「お父さん、お母さん。出発前のご挨拶《あいさつ》に来ました」

畳の上で両手を揃える。

「今までありがとうございました。あちらでも一生懸命頑張ります。どうぞお元気で」

挨拶の時はこう言おう、こうしようと何度も考えておいたおかげで、少しだけ早口になったものの言いたいことは言えたと思う。

けれど、寄越されたのはいつもと同じ冷たい声だった。

「おまえが不手際を起こせば六条の恥になる。くれぐれも失敗するんじゃないぞ」

「役目を全《まっと》うする前に逃げ帰るようなことがあってはいけませんからね」

「……」

返す言葉もないままもう一度頭を下げる。

ほんのわずかでもやさしい言葉を期待したのは我儘《わがまま》だった。女の子しか必要とされないこの家に、ほたるは男の子として生まれてしまったのだから。

それでも、自分をここまで育ててくれたのは両親だ。これが恩返しになるのなら精いっぱいやっていきたい。

「行ってきます」

決意とともに深く一礼して部屋を出る。

手土産《てみやげ》に持たされた紙袋と鞄を左右に提げ、黒光りする踏面《ふみづら》を軋ませながら階段を降りるとすぐに、清々《すがすが》しいお茶の香りが立ち上ってきた。

いい匂い……。

思わずほっと息を吐く。

それは、生まれた時から慣れ親しんだ香りだ。身体に染みついていると言ってもいい。

ほたるが生まれ育った六条家は大正初期の創業以来、主に抹茶《まっちゃ》を販売するお茶問屋としてこの地で商いを続けている。父親で四代目を数える草月堂《そうげつどう》は順調に商材を増やし、今や隣接する作業場に複数の従業員を雇い入れて直接茶を生成するまでになった。ほたるも、いつもはそこで仕事を手伝わせてもらっている。

けれど、これからは違うのだ。

今日からは別の家で暮らすのだから。

名残《なごり》をふりきるように玄関へ向かい、この日のために下ろした黒い革靴《かわぐつ》を履《は》くと、ほたるは静かに格子戸を開けた。

その途端、容赦《ようしゃ》ない日差しが肌を刺す。風の凪《な》いだ今日のような日は、じっとしているだけで汗が噴《ふ》き出してきそうだ。

それでも毅然と顔を上げて門を潜《くぐ》ったほたるの前に、一台の黒い車が滑りこんできた。

どっしりとした高級車だ。見たこともないような華やかな雰囲気に気圧《けお》されていると、ややあって運転席から人が降りてきた。

「お待たせをいたしまして大変申し訳ございません。叶家よりお迎えに参りました」

黒いスーツに身を包んだ初老の男性がほたるに向かって丁重に頭を下げる。

「六条ほたる様でいらっしゃいますか」

「は…、はい」

緊張で声を上擦らせながらほたるも男性に一礼した。

「本日はわざわざのお迎え、ありがとうございました。あいにく両親は所用でご挨拶に伺えませんが、本家の皆様にくれぐれもよろしくお伝えするようにとのことです」

ほんとうは、息子のために本家に頭を下げるのが嫌《いや》なだけなのはわかっている。

「さようでございますか。畏《かしこ》まりました。それではお荷物をお持ちいたします」

「あっ……いいえ。大丈夫ですから」

手を差し伸べられそうになり、ほたるは慌《あわ》てて首をふった。初対面の、それも自分よりずっと年上の人にそんなことをしてもらうなんて申し訳ない。それに片方は土産だし、もう片方の鞄もそう重いわけではないのだ。それでもにこやかに手を伸ばしてくる男性と押し問答をしていると、その様子に気づいたらしい従業員たちが作業場から出てきた。

「ほたるさん！」

真っ先に駆けつけてくれたのは、生まれた時からなにかと面倒を見てくれた、親子二代でこの店に勤める茶師の息子だ。ほたるの荷物と車を交互に見た彼は「まさか」と顔を曇らせた。

「今日、行かれるんですか」

「はい。お伝えできずにいてすみませんでした」

「そんな……」

店で働く皆に出立《しゅったつ》の日を言えなかったのは、こうして別れるのが辛かったからだ。

ほたるにできることといったら包装作業や掃除の手伝い、それにお遣《つか》いぐらいのものだったけれど、皆ほんとうによくしてくれた。だからだろうか、両親のいる家よりも、あたたかい人たちに囲まれた作業場こそが自分にとっては家のようなものだった。

「知ってたら、餞別《せんべつ》ぐらい渡せたのに」

「そうですよ。水くさい」

話に加わってきたのは長年従業員たちをまとめている中年の女性だ。情に厚く、いつもなにくれとなく世話を焼いてくれる人だった。

「ほたるさんはこの細っこい身体で無理ばっかりするんだからもう。いつか倒れるんじゃないかってあたしは心配で心配で」

「大丈夫ですよ」

大袈裟《おおげさ》に嘆《なげ》く女性にほたるはそっと苦笑する。

身長一六〇センチと小柄《こがら》な上、半袖シャツの襟元から覗《のぞ》く鎖骨《さこつ》や、ひょろりと伸びた細腕のせいで昔から華奢《きゃしゃ》と表されることが多い。同じ十九歳でも大学の友達のような溌剌《はつらつ》さや逞《たくま》しさといったものとはほど遠い自覚があった。

白磁《はくじ》のような肌も、黒目がちの大きな瞳も、ほたるを年齢以上に幼く見せる。小さな頃から接してくれている古株従業員ともなればなおのこと、身体の弱かったほたるの子供時代を思い出しては今に重ね合わせたりするんだろう。

「皆さんが頑張ってくださっていると思うとぼくも頑張れます。もう手伝いができなくて申し訳ありませんが、お店のこと、どうかよろしくお願いします」

ひとりひとりの顔を見ているうちに涙が出そうになったけれど、泣いたりしたら心配されてしまう。最後は笑顔でお別れしなくては。

「ほたるさん、どうぞお元気で」

「身体に気をつけてくださいね。くれぐれも無理をなさらないように」

「ありがとうございます。行ってきます」

「ご挨拶はよろしゅうございますか」

様子を見守っていてくれたのか、おだやかな声に我に返ったほたるは、すぐ傍《そば》にいた初老の男性に向き直った。

「はい。お願いします」

男性は恭《うやうや》しく一礼し、「どうぞ」と後部座席のドアを開けてくれる。

シートに身を預けると間もなく、ほたるを乗せた漆黒のセダンはなめらかに走り出した。

両親は移動にタクシーを使うのが当たり前だったけれど、ほたる自身は電車を利用することが多かったので、車から景色を眺めるのは新鮮だ。そのせいだろうか、よく見知った土地なのにいつもとは少し違って見えた。

今日のことはずっと前から決まっていたのに、それに向けて心づもりもしていたはずだったのに、いざ一歩踏み出した途端に恐くなる。景色が後ろに流れるにつれ、ひとりになったのだと強く意識させられた。

家に戻りたいのかと問われれば、たぶん違うと答えるだろう。それでも信号で停まると意味もなくほっとし、動き出した途端に後ろ髪を引かれるような気分になる、そのくり返しだった。

「ほたる様は、叶家にいらっしゃるのはどれくらいぶりでございますか」

「ええと……四年に、なると思います」

確か、先代の七回忌《き》の法要に行ったのが最後だ。その間自分を取り巻く環境が高校、受験、大学と目まぐるしく変わったこともあって、なんだか遠い昔のことのように感じた。

そういえば、もうそんなに経つんだな……。

これから向かう叶の家は、古くは江戸時代まで遡《さかのぼ》る茶道の家元で、ほたるが生まれ育った六条家の本家に当たる。他にも中村《なかむら》家や水嶋《みずしま》家など複数の分家が存在し、それらが一体となって本家を支えるという関係が代々続いていた。

かつて分家は本家の敷地に家を構え、本家の家業から派生する仕事を生業《なりわい》としてきた。

時代とともに形は変われど本家は絶対的な存在で、分家はその威光に縋《すが》って成り立つという構図は今も変わっていない。ほたるの実家である六条家がお茶問屋を営《いとな》んでいるのも、茶道家元である本家の力添えあってのことだった。

本家は一族の長として君臨する代わり、その広い交友関係と財力によって分家に様々な便宜を図り、有事の際には後ろ盾となる。そんな二者の間において、特に重視されてきたのが血の繋《つな》がりだった。

本家には、分家から嫁《よめ》を取るという長年のしきたりがある。

もちろん、本家の子供が女子だけだった場合は外から婿《むこ》を迎え、逆に分家に女子がひとりもいなければ外から嫁を娶《めと》ることもあったそうだが、本家に男児が生まれた際は無条件に分家が嫁選びの第一候補になった。

本家との繋がりを確固たるものにしたいと願うがゆえに、分家では家の跡取りより先に女児を産むことが肝要とされた。分家同士の集まりの席でも「娘を嫁《とつ》がせておけば安泰」という言葉をたびたび耳にしたくらいだ。

それはほたるの両親とて例外ではなかった。

男として生まれたほたるは「期待外れ」だったのだ。

それでも、家のためにできることがあればと一生懸命店を手伝い、お茶の製法も勉強したものの、両親のほたるを見る目は終《つい》ぞ変わることはなかった。

それがまさか、こんなことになるなんて――。

窓には複雑な顔の自分が映《うつ》っている。

不安とも迷いともつかない表情に、ほたるはため息をつくしかなかった。


「到着いたしました」

静かな声に我に返る。

車から降りるなり、目に飛びこんできた威厳のある佇《たたず》まいにほたるは思わず息を呑《の》んだ。

――すごい……。

四年前の記憶が曖昧《あいまい》なせいか、それともいつになく緊張しているためか、堂々たる風格にただただ圧倒される。瓦《かわら》屋根つきの門構えもさることながらその広さも、家の大きささも、ほたるの実家とは比べものにもならない。敷地をぐるりと囲む塀《へい》の長さに至っては気が遠くなるほどだった。

叶派の家元として茶道界の一翼を担《にな》う叶家。

ここが、これからほたるが暮らす家だ。

「六条様、お待ちしておりました。どうぞこちらへ」

出迎えてくれた使用人と思《おぼ》しき白髪の女性に促《うなが》されるまま、門を潜って中に入る。

庭では、生い茂る木々に混じって一際《ひときわ》大きな松が悠然と枝を広げていた。足元に茂る苔《こけ》も打ち水に濡れて涼しげだ。その青々とした苔の間を縫《ぬ》うようにして飛び石が玄関へと続き、家の中へと自然にほたるを誘《いざな》った。

「こちらで少々お待ちくださいませ」

「ありがとうございます」

部屋に案内してくれた女性が一礼して下がっていく。

出された日本茶の香りで心を落ち着かせながら、ほたるはゆっくりと息を吐いた。

「ほんとうに、来たんだ……」


両親に挨拶し、店の皆に別れを告げ、そうして迎えの車に乗ってやって来たにも拘わらずいまだに実感が持てずにいる。それでも、目に映る見慣れぬ景色がこれが現実だと教えてくれていた。


自分は今日から本家の次男、叶悠介《ゆうすけ》の許嫁としてこの家に入る。

なぜ同じ男の自分が許嫁などに選ばれたのか、詳しい理由は聞かされていない。三年前の十六歳のある日、両親から両親から「許嫁に指名された」と唐突《とうとつ》に告げられただけだった。

もし自分が女性だったら、白羽の矢が立ったことは両親にとってこの上ない朗報だっただろう。

だがいくら中性的な容姿であってもほたるは男だ。両親もさすがにおかしいとは思ったようだが、提示された莫大な支度金《したくきん》を前にあっさり頷《うなず》いたのだと後から知った。

「畏《おそ》れ入ります。旦那《だんな》様のお支度が調《ととの》いましたので、ご案内させていただきます」

「はい」

――いよいよだ。

無意識のうちに喉が鳴る。

通された続き間は、見事な書院造りの部屋だった。

床の間を背に当主の叶宗哲《そうてつ》と妻の文《ふみ》が座っている。ふたりの顔は何度か見たことがあったけれど、こうして面と向かうのははじめてで緊張に足が竦《すく》みそうになった。

それでも、せっかく迎えてくれたのだ。きちんとご挨拶をしなければ。

「お、お目にかかれて光栄です。六条ほたると申します」

自己紹介とともに畳に手を突く。両親からの手土産を差し出し、もう一度深く頭を下げていると、しばらくして頭上から威厳のある声が降った。

「顔を上げなさい」

それに従ってほたるはそろそろと頭を上げる。

「ここに来た以上、覚悟は決まっているものとして扱う」

「はい」

真正面から見据《みす》えてくる眼光は鋭く、なにもかも見透かされてしまいそうだ。宗哲はしばらくの間そうして目を眇《すが》めていたが、ややあってひとつ嘆息《たんそく》し、ゆっくりと口を開いた。

「許嫁とは本来、叶家に嫁ぐ人間のことだ。そのため一年この家で暮らし、叶のやり方を身につけるという話は聞いているな」

「はい。そのように仰《おお》せつかっております」

十九歳になったら本家で教育を受けること。

それは三年前、正式な許嫁として指名された時に告げられていたことだった。

「よろしい。ならばしきたりに従って、この家では女性として暮らしてもらう」

――女性として……？

それは聞いていなかった。女性の格好をするのだろうか。

戸惑《とまど》うほたるなどお構いなしに、宗哲はなおも一方的に話を続ける。その有無を言わさぬ威圧感にほたるはただ「はい」と答えるだけで精いっぱいだった。

「この一年間は、あなたが叶家にふさわしい人間かどうかを周囲が見定める期間でもあるのですよ。本家次男の許嫁として恥ずかしくないようにいたしませんとね」

文もまた、自らほたるに花嫁修業をさせると宣言する。

「六条には相応の支度金も用意しましたし」

痛いところを突かれ、ほたるは思わず言葉を呑んだ。支度金という名を借りてはいても、実際には本家からの援助に他ならなかったからだ。

日本屈指の名家である叶家。

その分家といえば聞こえはいいが、六条の内情は火の車だ。腕のいい職人たちのおかげで店はなんとか維持できているものの、肝心の当主である利一《りいち》と母の美苑《みその》が浪費を重ねるせいで家計が逼迫《ひっぱく》しつつあるのはほたるも気づいていた。

ありていに言えば、自分は金と交換に差し出されたということになる。

許嫁としてのふるまいに落ち度があれば両親だけでなく、店の皆にも迷惑をかけることを意味するのだ。それだけはどうしても嫌だった。

くれぐれも失敗するんじゃないぞという父親の言葉が甦《よみがえ》り、ほたるは膝の上のこぶしを握り締める。

――頑張らなきゃ……。

「まったく。許嫁を指名しろとは言ったが、まさか男を選ぶとは……」

苦々しげに放たれた宗哲の言葉に胸が痛んだその時だ。

「叶に縁のあるものなら誰でも構わないと言ったのはお父さんでしょう」

声のした方をふり返ると、現れたのはまさにほたるを許嫁に選んだ本人、叶家次男の悠介だった。

「……悠介さん」

「ほたる」

悠介はこちらを見て鳶色《とびいろ》の目を細める。

「せっかくおまえが来る日だったのに、迎えに行けなくてすまなかったな。どうしても抜けられない会議があった」

「いえ、そんな……」

「なんです立ったまま話したりして。ご挨拶もできない人に育てた覚えはありませんよ、悠介さん」

「失礼しました。つい気が急《せ》いてしまいまして」

苦笑しながら悠介が部屋に入ってくる。

さっきまでピンと張り詰めていたのに、彼が現れただけで空気がふっとやわらぐのがわかった。

悠介は長身ながら、その気さくな人柄によって威圧感のようなものは感じさせない。笑うと白い歯が覗き、白いシャツに映《は》えて爽《さわ》やかだ。男らしく整った貌《かお》立ちの中、やや目尻の下がった双眸《そうぼう》が彼を一層親しみやすく見せていた。

その堂々としたふるまいたるや、自分とは別世界の人のようだ。

すっかり目を奪われたほたるの隣に腰を下ろすなり、悠介は徐《おもむ》ろに口を開いた。

「はじめに、一緒に確認しておきたいことがあります」

悠介がまっすぐに宗哲を見つめる。

「これからの一年間、俺たちはお互いの許嫁として暮らすことになります。たとえ男同士であっても、それでしきたりを全うしたことになりますよね」

「異例だとは思うがな。多くは言わん」

「ほたるが二十歳になる日に関係を解消します。その後はふたりとももとの暮らしに戻れますよね。それ以上はしきたりに縛られることはないと」

「そのとおりだ」

宗哲は苦々しそうに顔を顰《しか》めた。

本家の男子は、分家の女子が十六歳になると同時に自分の許嫁に指名する。選ばれた相手にこれを拒む権利はない。このしきたりがいつからはじまったものか定かではないが、そのような背景から、指名された側の気持ちを無視して無理やり結婚させられた例も少なくなかったと聞く。

そのため今では、両者が二十歳を迎えた時点で互いの意志を確認し、関係を解消することが許されるようになった。

つまり、大事なのは婚姻《こんいん》そのものではなく、「しきたりを守る」ということなのだ。

形骸《けいがい》化しただけの作法になんの意味があるのかほたるにはわからないけれど、本家にはしか通じない拘《こだわ》りがあるんだろう。そうでなければ同性の許嫁なんて許されるはずがない。それだけこの家にとってしきたりは大事なものなのだ。

それにどのみち一年間という期間限定の関係になることは、ほたるや両親も想定していたことだ。逆に言えば、だからこそ受けられた話でもあった。

「言っておくが、この家にいる間は許嫁として叶のために尽くしてもらうぞ」

「そうはおっしゃいますが、夏休みが終わったら学生の本分として学業を優先させるべきでしょう。なぁ、ほたる」

悠介に水を向けられ、三人から一度に見つめられて声が上擦りそうになる。

「だ、大丈夫です」

それでもきちんと説明しておかなければと、ほたるは小さく首をふった。

「大学は、一年休学することにしています。お家のことを教えていただくのに時間はいくらあっても足りないと父が申しておりましたので」

「休学なんてしたのか？」

「はい……」

なにか拙《まず》かっただろうか。

顔を曇らせる悠介とは対照的に、宗哲たちは満足気に頷いている。

「それでこそ本家の許嫁にふさわしい心構えだ」

その様子から、先ほどまでの恐い印象も少しだけやわらいだように見えた。

――よかった。

ほたるはそっと胸を撫《な》で下ろす。

こうして本家に尽くすことが、これからの自分にできる精いっぱいの務めだ。

「不束者《ふつつかもの》ですが、一生懸命頑張ります」

「うむ。くれぐれも励めよ」

そう言い残して宗哲たちが出ていき、部屋にはふたりだけが残される。

ほたるは隣の悠介に向き直り、畳の上に両手を突いた。

「悠介さん。あらためまして、六条ほたるです。至らない点も多いかと思いますが、どうぞよろしくお願いします」

「そんなに畏まらなくていい。久しぶりだな、ほたる。元気にしてたか」

慈愛の籠もったやさしい眼差《まなざ》し。それははじめて会った時から変わらない、自分がなにより好きなものだった。

「こうして会うのは四年ぶりになるか。強引に呼び出すような真似《まね》をしてすまなかった」

「え？」

「許嫁のことだ。きちんと話してなかったろう」

確かに、突然告げられてから今日までまともに話す機会もなかった。彼がどういうつもりで自分を許嫁に選んだのか、ほんとうはずっと訊《き》いてみたいと思っていたのだ。

「知ってのとおり、この家ではしきたりが最優先だ。先祖代々のものを守らねばと躍起になっているように感じる。生きているのは生身の人間なのにな……」

悠介は小さく嘆息した後で、あらためてこちらに目を向けた。

「どうしても相手を選べと言われた時、おまえの顔が浮かんだんだ」

「ぼくの？」

「あぁ。一緒に過ごすのがおまえならいいなって」

——悠介さん、そんなふうに思っててくれたんだ……。

なんだか信じられない。自分の方こそ心の中でそう願っていたから、同じことを考えてくれていたなんてうれしくてしかたなかった。

本家の悠介は、分家のほたるにとって雲の上の存在と言ってもいい。それなのに彼は小さい頃から一族の集まりがあるたびにほたるを見つけ、声をかけてくれたのだった。

あれはいつのことだったろう。

自分がまだ小学校に上がる前だから、今から十年以上も前のことだ。分家の大人たちが本家広間で一堂に会《かい》す中、おまえは邪魔だと両親に追いやられたほたるを手招きしてくれたのが悠介だった。

「はじめて来たのか？」

相手の顔も名前もわからないまま、こくんと頷く。その拍子に、大きな目いっぱいに溜まっていた涙がぽろりと落ちた。

「どうした。叱られたか？　俺は恐くないぞ？」

そう言って頭を撫でてくれた悠介は、いいことを思いついたように「そうだ」と目を輝かせた。

「これ、食べるか？」

手のひらに載せられたのは小さな和紙の包みだ。丸くて、ほんのり白と桜色が透けて見える。

「紅白くす玉の和三盆《わさんぼん》だ。食べたことあるか？」

今度は首を横にふる。「甘くておいしいぞ」と微笑《ほほえ》まれ、もう一度確かめるように手の中の菓子に目を落とした。

――――これを、くれるの……？

「悠介。ここにいたのか」

首を傾《かし》げていると、後ろから呼ぶ声があった。そちらに顔を向けた途端、ほたるはあっと声を上げそうになる。先ほど両親と一緒に目通りした本家家元に違いなかった。

「お父さん」

「もうじきはじまる。おまえも席に着きなさい」

ふたりのやり取りを交互に見ながら、ほたるは自分が話していた少年が本家の人間だと気がついた。

その途端、手の中の菓子が大変なものだとわかる。家元が去っていくのを待って、ほたるは悠介にもらったものを返そうとした。

「あ、あの…、これ、だめです」

「どうした。甘いものは嫌いか？」

「いえ。ぼくなんかに、あげちゃだめです」

いくら子供同士でも本家は本家、分家は分家だ。お菓子をねだるような真似をしてはいけない。

けれど、悠介は首をふるばかりだった。

「俺がおまえにやりたい。それじゃだめか？」

「でも……」

「じゃあ、おまえの名前を教えてくれ。そのお礼ってことならいいだろう？」

思いがけないことを言われてまた驚いた。なぜ、この人は自分なんかに構うんだろう。

それでも透き通った鳶色の瞳に見つめられ、ドキドキと胸が高鳴るうちに自然と口から言葉がこぼれていた。

「ほ、ほたる」

「そうか。ほたる。ほたるか」

悠介がうれしそうに笑う。

「俺は悠介だ。よろしくな」

――ゆうすけ、さん……。

心の中で名前を呼んだだけで、ドキン、と胸が鳴った。

近くを通りかかった大人にまたも呼ばれた悠介が、去り際にこっそり「それ、内緒《ないしょ》な」と和三盆を指して笑うのを見送りながら、ほたるは両手で大切に菓子を包んだ。

――悠介さん。悠介さん。

うれしくて胸がいっぱいになってしまう。ひとりになって食べた紅白のくす玉はほろほろと甘く、やさしくほたるの心を包んだのだった。

それがはつ恋だったと気づいたのはもう少し後になってからのことだ。想いを自覚した時にはもう悠介への気持ちはほたるの中ではっきりと形を成していた。

その想いは今も変わらない。それどころか、どんどん大きくなるばかりだ。

家のためと言いながら、ほんとうは束《つか》の間でも悠介の傍にいたかった。たとえ形だけのことであっても、終わりの決められた関係であっても、思い出として残せるのならそれを支えに生きていけると思うから。

「悠介さんと一緒にいられてうれしいです。こちらこそ、よろしくお願いします」

「よかった。そうと決まればさっそく案内しよう」

促されるまま、悠介に続いて部屋を出る。

こうして横に立つと彼がいかに長身かがよくわかった。訊けば自分より二十センチも高いらしい。

「いいなぁ……」

一八〇センチの目線からはどんな景色が見えるんだろう。

思わず呟《つぶや》いたほたるに、悠介は苦笑交じりに首をふった。

「そういいものでもないぞ。着物の袖が足らないなんてしょっちゅうだし、鴨居《かもい》には頭をぶつけるし。……それに、恐いとも言われるしな」

「えっ」

「身長のせいで威圧的だと言われることもあるんだ。おまえは、俺が隣にいても恐くはないか」

驚きのあまりぶんぶんと首をふる。

「悠介さんは、恐くないです。やさしいです」

すごく、とっても。

心の中で力いっぱいつけ加える。

「そうか」

うれしそうに呟いた悠介が歩き出すのに倣《なら》い、ほたるも後からそれに続いた。

部屋の外周に設けられた板敷きの廊下には内縁としてガラス戸がつけられている。天気のいい日は戸を開け放して、縁側《えんがわ》として使うこともできるのだそうだ。

ここでお茶を飲んだらきっと気持ちがいいだろうなぁ。

そんなことを思いつつ切れ目縁の廊下を進む。悠介は先に立って歩きながら、部屋をひとつひとつ説明してくれた。

それによると、先ほど宗哲たちと話した床の間はこの家の一番奥に当たる場所なのだそうだ。目通り前にほたるが待機した続き部屋は客間で、その隣にもう一部屋客間を挟《はさ》んでその隣が悠介の部屋になる。お客さんの隣で寝起きするなんて自分だったら緊張してしまいそうだけれど、どうやら他にも部屋はあるそうで、全部埋まることは滅多《めった》にないのだそうだ。

「そんなにたくさん……」

「これでもまだ説明の途中だぞ」

悠介はくすりと笑いながら今度は廊下を指す。

「もう少し行くと突き当たるだろう。それを道なりに左に曲がって、またすぐ右に折れると玄関だ。その右手が兄夫婦の部屋、そして左手がおまえの部屋になる」

他にも居間や台所、風呂にトイレ、それに蔵まであると聞いて、すっかりこんがらがってしまった。実家とはなにもかもが桁違《けたちが》いだ。

迷子になったらどうしよう……。

密かにそんな心配をしていると、考えが読めるかのように悠介がこちらをふり返る。

「迷ったら庭に出るといい。俺も子供の頃はしょっちゅう迷った。客人の多い家だから下手に廊下をうろうろするより庭を迂回《うかい》した方が安全で早い」

悠介は肩を竦めながら玄関の手前で立ち止まった。

「ここがおまえの部屋だ」

和箪笥《わだんす》と小さな書きもの机が置かれた和室は実家の自室によく似ていたが、クーラーやテレビまで設置されているのには驚いてしまった。まるでちょっとした旅館のようだ。

自分にはもったいないと立ち尽くしていると、悠介にぽんと肩を叩かれた。

「今日は疲れただろうから、ゆっくり休むといい」

「ありがとうございます」

一礼して部屋に入りかけたところで、そういえば手土産を持ってきていたんだと思い出す。子供の頃から親切にしてくれた悠介に心ばかりのお礼のつもりだ。ほたるは鞄から小さな紙袋を取り出し、悠介へ差し出した。

「よかったら、どうぞ」

「これは？」

「うちで作っている抹茶飴《あめ》です。悠介さんはお勤めをなさっていると伺いました。お疲れの時は甘いものがいいかと思って……」

意外そうな顔を見ているうちに言葉が徐々に尻窄《しりすぼ》みになる。

「か、勝手なことをすみません。もう甘いものは召し上がらないようでしたら捨てておきますから」

おずおずと手を引っこめようとしたところでなぜか手首を摑《つか》まれた。

「いや、もらおう。さっそく開けてもいいか？」

「はい」

包装を開け、深緑色の飴を口に入れるなり悠介が顔を綻《ほころ》ばせる。

「おいしい」

「お口に合ってよかったです」

微笑みながら手の中の包装紙に目を落とした悠介に気づいて、ほたるも自然と口を開いた。

「これ、いつもぼくが包装するんです」

「そうなのか。うまいもんだな」

「お店の皆に教えてもらいましたから」

学校から帰ったら家の仕事を手伝うのが小さな頃からの日課だった。大学生ともなると講義が終わる時間がマチマチで、作業量は一定ではなかったものの、お茶そのものに比べれば販売数の控《ひか》えめな展開商品ということでなんとかやれていた。

「前に、季節ごとに包装を替えてはどうかって提案したことがあるんです。春はピンク色のお菓子や包装が増えるでしょう？　この飴も、お花見に一緒に連れていってもらえればと春先だけ淡い桜色のパッケージにして……」

　初夏は新緑の黄緑色、盛夏は透明感のある水の色。秋には紅葉を思わせる色合いでと展開していくうちにそれが客の間で評判となった。季節感を大切にする和菓子ならではだと褒《ほ》めてくれる人もあり、特に贈答用にと売り上げが伸びた。

「すごく些細《ささい》なことなんですけど……」

　得意げに語ってしまって恥ずかしかったかもしれない。

　けれど、悠介は笑わなかった。

「おまえらしいな」

「え？」

　思いがけない言葉に俯《うつむ》きかけていた顔を上げると、悠介が微笑みながらこちらを見ていた。

「そういうささやかな心配りができるのがおまえのいいところだ。まさに名は体を表す、だな」

「どういう意味ですか？」

「蛍火《ほたるび》の光は小さい。だがやさしく灯《とも》る光だからこそ、人をしあわせな気持ちにすることができる」

「悠介さん……」

――そんなふうに、言ってもらえるなんて……。

胸の中が少しずつあたたかいもので満たされていく。トクトクと流れる血液に乗って身体中にこのうれしい気持ちが広がっていくようだった。

生まれてから一度も意味なんて考えたことがなかった。女の子の名前みたいで苦手だとさえ思っていたのだ。

それなのに。

「ほたるはいい名前だ。おまえによく似合ってる」

「ありがとう、ございます」

照れくさいのにすごくうれしい。悠介さんにそう言ってもらえるなら、この名前も好きになれそうな気がする。

「お茶の世界も、詰まるところは気遣いだ。心から相手を思う気持ちが大切なんだ。おまえには充分その素養がある。だから、本家だ家元だと気にしすぎなくていいんだからな」

「はい」

悠介の言葉にこくりと頷く。

これからどんな日々がはじまるのか今はまだ想像もつかないけれど、励ましてくれるその気持ちに応《こた》えるためにも、自分にできることを精いっぱい頑張ろう。

ほたるはもう一度悠介の目を見返しながら心にそう誓うのだった。

＊

初日に言い渡されたとおり、翌日からほたるの花嫁修業がはじまった。

茶道はもちろんのこと、行事ごとの花は嫁が活《い》けるというこの家の慣わしに従って、師範の腕前を持つ文から直々《じきじき》に華道の手解きを受けることになった。

また、和装の機会が多いことから、まずは慣れなさいと毎日女物の着物で過ごすことも命じられた。着付けから立ち居《い》ふるまい、所作《しょさ》に至るまで、日常のすべてがほたるにとっては稽古《けいこ》の場だ。

料理や洗濯、掃除といった日常のことはお手伝いの女性がやってくれると聞いたが、ひととおりのことはできるようにと言われたから、きっと近いうちに挑戦することになるだろう。

今はまだ歩き方や座り方、襖の開け閉めの仕方といった、ごくごく基本の動作を身につけるのが先だそうだ。実家でも畳暮らしをしていたから慣れているつもりでいたけれど、すぐにそれが甘い考えだったとわかった。

「襖は三手で開けなさい。部屋の前で正座をして、引手に近い方の手をかけて、手がかりになる程度に開けますよ。引手に近い方の手です、そちらは逆。……そう。その手を枠《わく》の下から八寸にかけて、ええ、そのあたり。身体の中央まで開ける。まだ全部開けてはいけません。反対の手で残りを開けて。もっと静かに」

いざ部屋に入ろうにもこの有様《ありさま》だ。まごつくばかりでどうにもギクシャクしてしまう。

そうしてようやく襖を開けたら開けたで、今度は立ち上がるのに左右どちらの膝を先に立てるか、上体はどれくらいまで傾けていいのか、視線の高さはと、そのひとつひとつに指導が入った。

「畳は一畳五歩で歩きなさい。腰を据えてまっすぐに立つ。顎《あご》を引いて……引きすぎです。歩くのはもっとゆっくり、一足ごとに爪先を軽く上げて。踵《かかと》は畳からあまり離さないようにと言ったでしょう。縁《へり》を踏まない。下ばかり見ない」

こちらを気にすればすぐにあちらが留守になる。ただ歩いているだけでこうなのに、これでお茶を運びなさいと言われたら全部がぐしゃぐしゃになってしまいそうだ。

「何度もくり返し練習なさい。自然にできるようになりますから」

「は、はい」

よほど心細そうな顔をしていたんだろう。あの文からさっそく励まされてしまった。稽古前の着付けの段階ですでに面倒をかけていたから、ほたるとしてはなおさら申し訳ない気持ちになる。

――――でも、頑張らなくちゃ。

こうして手取り足取り教えてもらえるのはありがたいことだ。自分ひとりで身につけなさいと言われたらきっと途方に暮れてしまう。だからどんな厳しい言葉にも感謝の気持ちしかなかった。

自力ではできないと思った理由がもうひとつある。女性の着物だ。

男物なら何度か身に着けたことがあったが、ここでは女性として過ごすために女物の着物を着る。着付けの手順もさることながら、帯を結《ゆ》ってもらうだけで一苦労だった。

そうして女物を纏《まと》ったほたるは、もとの線の細さもあって心配していたほどの違和感はなかった。

それでも、男仕草のままではちぐはぐな印象は拭《ぬぐ》えない。女性は膝頭の間を開けずに座ることや、手は前で重ねておくなど、言われなければ気づかなかったような小さなことをこれから身につけていく必要がある。

こうしてみてはじめて、「本家次男の許嫁として恥ずかしくないように」と言われた意味がよくわかった。

基礎ができなければ人前には出られない。

お披露目《ひろめ》も叶わぬうちに一年が経ってしまえば、しきたりを全うしたことにはならないだろう。

文の躾《しつけ》は厳しく、慣れないうちはまごついたり、失敗してばかりだったけれど、それでもほたるは泣き言も洩らさず辛抱強く教えを乞《こ》うのだった。

すべてはこの家のため。そして悠介のためだからだ。

「いつも頑張ってるな」

そんなほたるを見て、ある時悠介が声をかけてくれた。

平日はいつも送り迎えの時ぐらいしか会えないけれど、土曜の今日は会社も休みだ。

「おはようございます。よく眠れましたか」

「あぁ、久しぶりに朝寝をした。目が覚めたらもうこんな時間だ」

「ゆっくりできてよかったです」

最近ずいぶん忙しかったようだから、身体を壊してしまわないか少し心配だったのだ。よく眠ったとの言葉のとおり、すっきりしている顔を見て安心した。

「それより、おまえは掃除か。精が出る」

「ようやくお許しが出ましたから」

「掃除をするのに許しがいるのか？」

悠介が怪訝《けげん》そうに眉を寄せる。基礎の基礎がようやく形になってきたから第二段階に進んだのだと説明すると、彼はさらに眉間《みけん》の皺《しわ》を深くした。

「おまえには大変な思いをさせているんだな」

「あっ、いえ、そういう意味じゃ……。あの、よろこんでいるんです」

あの厳しい文に及第点をもらえたのだから。

もちろんまだ文のようにはいかないし、油断すると右手と右足が一緒に出そうになることもある。それでも、なにかを習得しつつあるということこの状況が素直に楽しいのだ。

「おまえのその前向きさは俺も見習うべきだな」

「そんな」

「俺にも手伝わせてくれ」

そう言うなり、悠介はほたるの雑巾《ぞうきん》をひょいと取り上げ、鴨居のあたりを拭きはじめた。

「あの、ぼく、やりますから」

「届かないんだから無理をするな」

「でもその、踏み台があれば……」

「転んだら危ないだろう」

子供に言い聞かせるように諭《さと》される。

そんなおっちょこちょいじゃないつもりなのにと思った矢先、なんでもないところで躓《つまず》いてしまい、悠介に軽々と片手で受け止められた。

「あぁ、ほら」

「すみません……」

「一生懸命やってくれてるのはわかっているつもりだが……それにしてもずいぶん細いな。たくさん食べないとだめだぞ」

よしよしと頭を撫でられてなんだかちょっと恥ずかしい。目を泳がせていたほたるは、しばらくして悠介がじっとこちらを見ていることに気がついた。

そういえば、女性の格好できちんと向き合うのははじめてだ。

「……や、やっぱりちょっとおかしいです、よね」

「いや。ずいぶん馴染《なじ》んでいたんで驚いた」

悠介が照れたようにはにかみ笑う。

「でもこれ、女の人の着物なのに」

「だがおまえによく似合ってる。……その、なんだ。褒めてるつもりだ、これでも一応」

眉間に皺を寄せながら苦笑するのを見ているうちになんだかおかしくなってきて、ほたるも一緒になって笑ってしまった。

それを見て、悠介もふっと表情をやわらげる。

「この家に来て、はじめてちゃんと笑ったな」

「え？　あ……」

――悠介さん、そんなことも……。

些細なことまで気にかけてくれていたとわかり、胸がふわっとあたたかくなった。

「そういえばこの間もらった抹茶の飴、うまかったから会社でも時々食べてるんだ。やっぱり疲れた時は甘いものだな」

「気に入っていただけたならまた持ってきます。黒蜜が入ってるのもあるんです。それとも次は別のものがいいですか。飴以外にもいろいろあるので……悠介さんが、その、お好きなものを……」

よろこび勇んで話しはじめたはいいものの、我に返るに従って声は尻窄みになっていった。いくらなんでも浮かれすぎだ。恥ずかしくて回れ右をしたくなる。

そんなほたるの頭を、悠介はくすくすと笑いながら撫でてくれた。

「気遣ってくれてありがとうな。それと今、少し時間をもらえるか」

「今…、ですか」

そういえば、まだ掃除の途中だったっけ。

なにげなく言った途端、「それならふたりでやった方が早い」と悠介に残りを手伝われ、恐縮する隙もないままとある部屋へと連れていかれた。

「ここは確か、お兄さんたちの……」

「よく覚えてたな。そのとおりだ」

さっそく引手に手をかけようとした悠介を慌てて止める。

「今はお留守だと思います」

確か、遠方の茶会に夫婦泊まりがけで行っているはずだ。

いくら兄弟とはいえ、不在中勝手に部屋に入るのはよくないと続けようとして、ふと、中から声がすることに気がついた。

「え？」

いったいどういうことだろう。帰りは夕方になると聞いていたけれど。

驚くほたるをよそに悠介が襖越しに声をかけると、すぐに男性の声で応《いら》えが返った。

「ほら、大丈夫だ」

それを証明するかのように、すぐに中から襖が開く。

「ほたるくん、久しぶり！」

「わっ。綾乃《あやの》さん」

迎えてくれたのはほたると同じく分家出身の綾乃だ。

彼女の実家の中村家は本家から縁遠かったこともあり、顔を合わせる機会こそ少なかったものの、分家が集まった時などに子供たちをまとめるのはいつも彼女の役目だった。その場をぱっとあかるくする朗《ほが》らかな性格が大好きでほたるもよく遊んでもらったものだ。

昔は『お姉さん』として仰《あお》ぎ見ていた人の背もいつの間にか追い越していたとわかって感慨深い。

それは彼女も同じだったようで、「大きくなったね」と黒くつぶらな目を細めてみせた。

――そうだった。本家に嫁いでたんだっけ……。

分家の女子だった綾乃は生まれた時から運命を決められていたにも拘《かか》わらず、今もあの頃と同じように人懐《ひとなつ》こく笑っている。これまで深く考えたこともなかったその意味を、この家に来てつくづくと思うようになった。だから、彼女が昔のままでいてくれることがうれしい。

「綾乃さんは変わらないですね」

「ふふふ。褒め言葉と思っておこう」

綾乃が肩までの黒髪を揺らして笑う。

なにもかもが懐かしいとしみじみしかけたところで、ほたるは「そういえば」と我に返った。

「今日は、午後のお戻りと伺っていましたが……」

「予定をくり上げて帰ってきたんだ。先ほど着いたばかりでね」

綾乃の代わりに、部屋の中にいた男性が立ち上がって答えてくれる。次期本家家元であり、悠介の兄の宗介《そうすけ》だ。

ほたるは慌てて畳の上に手を突いた。

「ご挨拶が遅れてすみません。悠介さんの許嫁としてお世話になります、六条ほたると申します」

宗介がゆっくりこちらに近づいてくる。

すぐ前に座った気配にそろそろと顔を上げると、宗介は眼鏡《めがね》の奥の目を細めながら悠介によく似たおだやかな笑みを浮かべていた。

「こちらこそ、せっかく家に来てくれたのに迎えられずにすまなかったね。悠介をよろしく頼む」

「はい」

緊張しながらも答えると、宗介は黒い目をそっと細めて頷いてくれた。

身長は悠介よりやや低いくらいだろうか。短めの黒髪を撫でつけ、まっすぐに背を正した姿は実直な性格を窺《うかが》わせる。落ち着いた口調も彼によく似合っていた。

「思いがけず今日の予定がぽっかり空いてね。そのまま観光してもよかったんだが、疲れもあるしで帰って来た」

「そうだったんですか。お迎えにも出られず、失礼しました」

「気にしなくていい」

綾乃も同意を示すようにうんうんと頷く。

「気を遣ってばっかりだと疲れちゃうよ。ただでさえ慣れない環境にいるんだから」

「綾乃さん」

彼女もかつてそう感じたことがあったんだろうか。今の自分みたいに。

綾乃はほたるの視線に苦笑してみせた後で、夫である宗介に顔を向けた。

「それにしても、ほたるくんにも花嫁修行させるってほんとうだったんだね」

「この家だからな。たとえ男性であっても、許嫁になった以上は同じようにするんだろう」

ずいぶんと肝《きも》の据わった人たちだ。

男の許嫁という存在に嫌悪感を抱くどころか、ほたるが女性の着物を着ていても動じることなく、ごく当たり前に接してくれる。決して女性同然には見えないだろうに、そのままの自分を受け入れてもらえることが素直にうれしかった。

はにかみ笑うほたるを見て、綾乃が「いい感じよ」と褒めてくれる。

「さっそく頑張ってるんだね」

「今朝も早くから掃除をして、な。ほたる」

「悠介さん」

実際はほとんど手伝われてしまったようなものなのに、自慢されると恥ずかしい。

「掃除までいったってことは、スタートは順調ってことだよ」

「ようやくですが……」

「わかるわかる。わたしも大変だったもん」

綾乃は顔を顰めたり、笑ってみせたりと大忙しだ。当時は彼女もかなり苦労をしたらしく、今でもたびたび思い出すのだそうだ。

「でも、作法は身につけておいて損になるものでもないし、自分のためにも勉強になると思ってね。それに、どうしても宗介さんのお嫁さんになりたかったし」

「綾乃」

あっけらかんと打ち明ける綾乃とは対照的に、宗介はなにやら難しい顔をしている。もしかしたらあれが照れている時の顔なのかもしれない。顔を見合わせるふたりを眺めながらこちらまでうれしくなってしまった。

「覚えなくちゃいけないことが山ほどあるけど、焦《あせ》らなくていいんだからね。わからなかったら悠介さんでも宗介さんでもわたしでも、周りに聞いたらいいんだからね」

「綾乃さん、ありがとうございます。皆さんも……」

悠介も宗介も頷いてくれる。

――いい人たちでほんとうによかった。

話しているうちに気持ちが少しずつ軽くなっていくのがわかる。親身になって励ましてもらえることがありがたかった。

「それなら、せっかくほたるくんが来てくれたことだし、これから一席設けようか」

さりげなく宗介に誘われ、意味がわからずにぽかんとなる。

「一席……？」

「四人で茶会をしようと言ったんだ。歓迎の気持ちをこめて俺が点《た》てる」

なんだか大変なことを言われている気がする。次期家元直々にお茶を点ててもらう……!?

ようやく理解が追いついたほたるはぶんぶんと首をふった。

「あの、お気持ちはうれしいのですが、ぼくには茶道の心得がないので……」

「それならなおさらだ。今のうちに試しておいた方がいい。どのみち教わることにはなるだろうし、俺たちだけならそう緊張することもあるまい」

「ちょうどいいからお土産の落雁《らくがん》、干菓子《ひがし》にしようか」

「あぁ、そうだな」

綾乃と頷き合った宗介は、すぐさま悠介に顔を向ける。

「庵《いおり》でお薄《うす》を。悠介は案内と正　客《しょうきゃく》を務めてくれるか。俺と綾乃で準備をする」

「わかりました」

「悠介さんまで」

あたふたとするほたるをよそに、あっという間にお茶会が催されることになった。

綾乃が「これ使って」と貸してくれた懐紙《かいし》を懐《ふところ》に、扇子《せんす》を帯の左側に挿《さ》す。準備のために先に出る宗介たちを見送って、ほたるはあらためて悠介を見上げた。

「ほんとうにいいんでしょうか」

茶会の経験がないどころか、茶道の知識も初心者向けの本を読んだ程度でしかないのに。

「もちろんだ。歓迎だと言っただろう？　つき合ってくれるとありがたい」

そこまで言われたらまごついているのも申し訳ない気がして、ほたるは深呼吸をして気持ちを切り替えることにした。それに、自分を迎え入れようとしてくれるのは純粋にうれしい。

「行こう」

促されるまま玄関に回る。軒《のき》から一歩外に出た途端、太陽の眩《まぶ》しさにほたるは思わず目を閉じた。それでも今日は雲が多いせいか、日差しはいつもよりおだやかに感じる。

「こっちだ」

悠介は先に立って歩きながら、道々ていねいに説明してくれた。

これから赴《おもむ》く庵というのは、母屋《おもや》の外にある茶事専用の建物のことだ。そこまでは露地と呼ばれる庭が続いており、ゆっくりと飛び石を渡りながら木々やその風情《ふぜい》を眺めて静かに心を落ち着かせる。

少し進むと、中門《ちゅうもん》という竹製の簡素な門に行き当たった。『外』と『内』をわける境界の役目で、ここから先は幽玄《ゆうげん》の趣《おもむき》を設《しつら》えた内露地となる。

門を潜ってさらに行くと、いよいよ手口を清めるための蹲《つくばい》に至った。

一抱えほどの石の真ん中が丸く刳《く》り抜かれ、そこに冷たい水が満々とたたえられている。

「手水鉢《ちょうずばち》というんだ」

「読んだ本にも出ていました。これが……」

本で見たものが実際に目の前にあるのがなんだか不思議だ。

「蹲は露地に欠かせない要素だ。ここで手を洗い、口を濯《すす》いで、心身を清めてから茶室に入る」

悠介が柄杓《ひしゃく》で手水鉢から水を掬《すく》い、右手、左手の順で手を清める。もう一度右手に取った水で口を清め、最後に柄杓を立てて水を流し柄《え》を清めた。

「あれ……？」

その時ふと、どこからともなく透き通った音が聞こえたような気がしてほたるは耳を欹《そばだ》てる。

「気づいたか。水琴窟《すいきんくつ》になっているんだ」

水が落ちるあたりに甕《かめ》を埋めこんでおくことで、水滴の共鳴音を響かせる仕組みなのだそうだ。

「すごくきれいな音でした。風鈴《ふうりん》とも違う、心が洗われるような……」

「暑い夏に、少しでも涼気を味わえるようにと考え出された先人の知恵だな。気に入ったか」

「はい、とても」

これまで知識として知ってはいても、実際に見聞きしたことはなかった。こうやってひとつひとつ知ることができてうれしい。まさに百聞は一見に如《し》かずだ。

ようやくのことで瓦葺《ぶ》き屋根の草庵《そうあん》に着いたほたるは、その独特の風情にしばし見入った。

極限まで無駄を削《そ》ぎ落とし、磨《みが》き抜かれた侘《わ》びの心がここにある。茶室は日本の伝統工芸と職人技の集合体だと教わり、もっともだと思った。

沓脱石《くつぬぎいし》で草履《ぞうり》を脱ぎ、躙口《にじりぐち》と呼ばれる入口から中に入る。

「頭をぶつけないようにな」

悠介がわざわざそう言ってくれたのは、躙口の大きさがわずか六、七十センチ四方しかないからだ。屈《かが》んで身を小さくしないととても入れない。これは、客がどんな高僧であっても、武士であっても、茶室の中では皆等しいという茶道の精神を表したものなのだそうだ。

先に中に入った悠介の真似をしてほたるも自分の前に扇子を置き、両手と膝を使って躙《にじ》って入る。入室後は部屋に一礼、先客である悠介の方にも扇子を置き直して一礼した。

「そういえば、宗介さんたちはどうなさるんでしょう?」

「亭主は茶道口という別の出入り口を使う。綾乃さんも後で合流するだろう」

それなら、躙口は自分で閉めておいた方がよさそうだ。

あらためて部屋を見回すと、思っていた以上に小さいことに気がついた。宛がわれた自室より狭く四畳半しかない。

「ほたる、教えよう。おいで」

悠介に手招きされ、横に並んだ。

「茶室に入ったら、まずは床《とこ》の拝見だ。こうして扇子を膝の前に置いて座る。扇子は先を左側に向けてな。一礼し、両手を畳に突いたまま掛け軸の内容や表装《ひょうそう》を鑑賞する」

「掛け軸を見るのに、扇子を置くんですか」

「茶道において扇子はとても大事な道具だ。相手と自分との間に境界線を引くことで、相手に敬意を表している。それは相手がものであってもだ」

だから茶室に入る時も扇子を前に置いたのだ。意味がわかるとすとんと腑《ふ》に落ちる。

「こうした設えを拝見することは、亭主が茶会にこめたメッセージを受け取ることでもある。だからなにに対しても敬意を払って、ていねいにな」

「はい」

教えられたとおり、花入に向かって扇子と膝を動かして拝見し、終わったら正面に向き直ってまた一礼。その後は風炉《ふろ》と呼ばれる置き型の炉を鑑賞し、最後に客として定められた場所に座った。

「席入りをしたら扇子は自分の後ろに置くんだ。右手でな。これには自分の位置を確定し、客本人にとっての下座《しもざ》を示す意味がある。この時気をつけるのは、客の代表である正客と次客以降では扇子の向きが反対になることだ」

「え？　え？」

「ほたるは次客だから、そのまま扇子を置けばいい。俺は正客だからそれとは逆だ。慣れないうちは正客になることはない、心配するな」

「あ、よかった。それを聞いて安心しました」

いざ稽古がはじまったら右だ左だと混乱しそうに思えたが、しばらくはその心配もないとわかってほっとする。そんなほたるを見て悠介もそっと眉《まゆ》を下げた。

「せっかくだから、茶道の歴史と心構えを教えておこうか」

それは、今を遡《さかのぼ》ること八百年。

中国から伝えられた『茶』なるものを飲む習慣が武士の間に広がった。ただし今とは違い、当時は薬として捉《とら》えられていたという。十五世紀後半から中国の禅《ぜん》の影響を受け、やがて茶の湯として確立されていく。

「茶道の精神は『一期一会《いちごいちえ》』だ。なにごとも同じことは二度とない。だからこそ、その瞬間を大切に相手を敬《うやま》い、縁《えにし》を尊ぶ心を学ぶ。それはもてなす方だけでなく、もてなされる方も同じだ」

重みのある言葉をほたるは静かに噛《か》み締めた。茶道とは、日常生活の中でともすると忘れてしまいがちなことに向き合う時間でもあるのかもしれない。

今この瞬間を大切に。悠介さんと一緒にいられる時間を大切に。

自分自身のことに置き換えればその意味がよくわかる。宗介たちが自分のために催してくれるこの茶会だって、同じものは二度とないのだ。

身が引き締まる思いで背を正す。

それなのに、なぜか隣の悠介に苦笑されてしまった。

「あれこれ言ったが、最初はあまり気負わなくていい。楽しんでもらえることが一番だ」

「はい。でもぼくは説明してもらえてありがたいです。意味をちゃんとわかって覚えるのと、見よう見真似でやるのとではやっぱり違うと思いますから」

それだけではない。

「ぼく自身勉強になりますし、悠介さんにも恥ずかしい思いをさせずに済みます」

許嫁であるほたるの評価は常に悠介にも跳ね返る。彼自身もそれはわかっているはずだ。

悠介はわずかに驚いたように目を瞠《みは》り、それからそろそろと息を吐いた。

「そこまで考えなくてもいいんだぞ」

「悠介さんのお役に立ちたいんです」

自分が頑張れば、いい許嫁を持ったと悠介もきっと褒められる。

「それに、悠介さんに教えてもらえるのはうれしいですから」

「そう言ってもらえると教えがいがある。それなら、これからはビシバシ扱《しご》くか」

「お、お手やわらかにお願いします……」

顔を見合わせ、苦笑していたところで静かに襖が開く。悠介の「どうぞお入りください」との声に続いて亭主と客の主客総礼となった。

茶会のはじまりだ。

それを肌で感じ取ったほたるも悠介に合わせて真礼する。

宗介が水差しや建水《けんすい》などの道具を往復して運び入れる間、綾乃は菓子を盛った器《うつわ》を悠介の前に置き、ほたるのすぐ左側に座った。

「今日はお詰めと半東《はんとう》さん、どっちもやるね」

「それは大活躍ですね、綾乃さん」

悠介と綾乃が小声で笑い合う。どういうことかと思っていると、悠介が「要は、客と亭主の補佐を同時進行するってことだ」と教えてくれた。

「ど、どっちもなんてできるんですか？」

「綾乃さんならな」

「すごい……」

「すごくないよー。お菓子出したり、お茶飲んだりするだけだよ」

綾乃が言うとなんだか楽しそうに聞こえるから不思議だ。つられて笑ったほたるだったが、ふと気がついて腰を浮かせた。

「気が利かなくてすみません。綾乃さんが前に来てください」

次客の座を譲《ゆず》ろうとした途端、なぜか悠介に止められる。

「待て待て。おまえにお詰めは早い」

「え？」

「末席に座る人には『お詰め』といって、拝見に回ってきた道具を亭主に返したりする役割がある。お茶会の進行の中でも重要な役目なんだ」

「そ、そうだったんですか」

危ないところだった……。

ほっと胸を撫で下ろすほたるを見て、ふたりだけでなくなぜか手前畳に座った宗介まで笑っている。

そんなざっくばらんな雰囲気に助けられつつ和《なご》やかなお点前《てまえ》がはじまった。

お茶を点てるところをこんなに間近で見るのははじめてで、流れるような所作に目を奪われる。

片手で器を持ち上げただけなのに、柄杓でお湯を注いだだけなのに、どうしてあんなに美しいんだろう。ひとつひとつの動作を息を詰めて見守るほたるに、悠介はていねいに解説してくれた。

中でもやはり、棗《なつめ》から抹茶を掬う場面では目が釘づけになる。

悠介にもそれが伝わったのだろう。

「草月堂のお茶だ」

「こら悠介。おまえが俺に訊《たず》ねなくてどうする」

お点前をいただいた後で、主客が亭主にお茶の銘《めい》などを訊ねるのが作法なのだそうだ。宗介が形のいい眉を下げながら苦笑している。

「すみません。ぼくが前のめりに覗きこんでいたからです」

「お茶を作っている立場だものな。我々が知らないような影の努力や思いもたくさんあるだろう」

「茶師さんが一生懸命拵《こしら》えた抹茶ですから。それをこうして目の前で点ててもらえるなんて……」

華々しく最後を飾ってもらえたようで誇らしい。

そう言うと、悠介が逆に興味深そうな顔で覗きこんできた。

「抹茶はどうやって作ってるのか、聞いてもいいか？」

「作り方、ですか？」

意外な質問だった。それでも興味を持ってもらえたならと、作業場に新しく来た仲間に説明したことを思い出しながらほたるは思いきって口を開いた。

「抹茶には、覆下栽培《おおいしたさいばい》という伝統的な方法で育てられた茶葉を用います。新芽が出たら藁《わら》のよしずで茶園を覆って日差しを遮《さえぎ》ります。その方が新芽がやわらかく、色鮮やかに育つんですよ」

「そうなのか。より日が当たる方がいいのかと思っていたが」

悠介が意外そうな顔をする。

「摘《つ》み取ったお茶を『荒茶』といいます。ここからゴミを取り除いて乾燥させ、他の茶葉とブレンドすると『碾茶《てんちゃ》』と呼ばれるものになります。それを石臼《いしうす》で碾《ひ》いたのが『抹茶』です」

「工程によって名前も違うのか。そういえば、茶会の前はいつも前日に碾いてくれていたが……」

「お茶は鮮度が命なので、普段は冷蔵管理しておいて、必要に応じてその都度碾くんです」

碾き方も肝心だ。熱を加えると鮮やかな鶯色《うぐいすいろ》が変わってしまうので、できるだけゆっくり碾かなくてはならない。仕上げにふるいにかければ完成だ。

「なるほど。ほたるくんの歓迎会のつもりが、我々の方が勉強させてもらった。ありがとう」

「い、いいえ。ぼくの方こそ調子に乗って喋りすぎました」

宗介にまで礼を言われてしまった。自分の話をうんうんと頷きながら聞いてくれるのがうれしくてついお喋りになったけれど、そろそろ茶会を再開してもらおう。

宗介が再び柄杓に手を伸ばす。流れるような動きで釜《かま》から湯を汲《く》み、茶碗《ちゃわん》へ注ぎ、空になった柄杓を釜の上に置く――――その一連の所作に半《なか》ばため息さえ出かかった時だ。

「お菓子を食べきれないようなら、懐紙に入れて持ち帰ってもいい」

「え？」

お茶を点てながら話しかけられ、ほたるは驚いて目の前の落雁と宗介を交互に見た。お点前を再開してからはこちらをチラとも見なかったのにどうしてわかったんだろう。

「客の様子に気を配るのも亭主の務めだからね。甘いものが苦手なら無理をすることはない」

「いいえ。大好きなので、もったいなくて……いただきます」

水を模《も》した薄水色の落雁をぱくりと口に入れる。じんわりと広がる甘さに頬をゆるめているうちに、最初の一服《いっぷく》が差し出された。

綾乃が躙って、茶碗を悠介の前に差し出す。

悠介はそれをほたるとの間に置き、頭を下げた。

「お先に頂戴《ちょうだい》いたします。こう言われたらおまえも一緒に頭を下げる。そう、軽くでいい。連客への気遣いだ。おまえの番になったら、まずは俺に『もう一服いかがでございますか』、次に綾乃さんに『お先に頂戴いたします』だ」

「はい」

悠介は茶碗を押し頂き、正面を避けて口をつける。その様子をすぐ隣で眺めながら、こんな時だというのに見蕩《みと》れてしまった。

まっすぐに伸びた背。男らしく泰然と構え、一服の茶を飲む姿は和装でなくともとても絵になる。

これで宗介のように和服姿だったらさらに映えるに違いない。

そんなことを考えていると、なぜか表が騒がしくなった。

誰か来たのだろうか、外の戸が開く音がする。

悠介や宗介、それに綾乃とも顔を見合わせていると、襖が開いて宗哲が顔を覗かせた。

「なにをしている」

宗哲は一同を見回した後で宗介に向かって低く訊ねる。表情から感情を読み取ることはできなかったが、その口調からいって快く思っていないだろうことはなんとなくわかった。

勝手に庵を使ったことを不愉快に思っているのかもしれない。叶派にとって大切な場所に、自分のような茶道の心得もないような人間が立ち入ったから……。

叱責《しっせき》を受ける覚悟でほたるは唇を嚙み締める。

シンと静まり返った空気を背負いながら、宗介が静かに家元に向き直った。

「お茶を差し上げておりました」

「これは正式な稽古ではあるまい」

「はい」

「おまえは叶を継ぐ人間だ。遊びで茶を点てることは慎《つつし》むように」

宗哲はそう言い放つと、次に綾乃にも矛先《ほこさき》を向ける。

「綾乃。おまえも次期家元の嫁としてよく心得ておくように」

「申し訳ございませんでした」

ついさっきまでの楽しい空気など今やなく、綾乃も頭を下げるばかりだ。

「宗介。おまえには期待しているから言うのだ。わかるな」

宗介が唇を引き締める。

それを見て満足したのか、宗哲はそれきり襖を閉めて行ってしまった。

茶室に微妙な空気が流れる。足音が聞こえなくなるまで待って、最初に口を開いたのは宗介だった。

「気を悪くさせてしまって申し訳ない。俺が言い出したことだ。すまなかった」

「いえ、俺も気をつけるべきでした」

兄の言葉を弟である悠介が受ける。

「代わります。俺が点てれば問題ないでしょう」

悠介が立ったのを見て、宗介もやれやれと膝を立てる。

「どうにかならないものかな」

「それを言ってもはじまりませんよ」

嘆息とともにふたりは場所を入れ替える。今度は悠介が亭主となり、ほたるのお茶を点てはじめた。

はじめて見る悠介のお点前に、さっきまでなら興味津々《しんしん》に見入っただろう。その手捌《てさば》きの鮮やかさ、袱紗《ふくさ》の扱いのなめらかさに内心感嘆の声を上げたに違いない。

けれど今はそれ以上に、宗哲の態度と、それを受けてのふたりのやり取りが気になった。

宗哲の目には長男しか映っていなかった。悠介とほたるなど視界にも入っていなかったに違いない。そうでもなければ、連帯責任として一言ぐらいお咎《とが》めがあってもいいはずだ。

なんとなく、宗介さんを贔屓《ひいき》しているような……？

期待していると口に出して言うくらいだから、やはり次期家元というのはそれだけ特別なものなのかもしれない。だからといって、兄弟に格差をつけていいとは自分は全然思わないけれど。

それが少しだけ引っかかったものの、当事者である宗介と悠介の間に軋轢《あつれき》のようなものはまったく感じられず、むしろ運命共同体のように阿吽《あうん》の呼吸で動いているのを見て、自分が口を出すことではないと悟った。

家には家のやり方がある。まずは叶の作法を学ばなくては。

ほたるは己に言い聞かせながらお茶を受ける。

はじめていただく悠介のお薄は、甘さとほろ苦さの同居する、どこか複雑な味がした。

悠介たちのおかげで、叶の家にも少しずつほたるの居場所ができつつあった。

お茶をもっと知りたいと本格的に勉強もはじめる。宗哲や宗介は限られた弟子しか取らないため、ほたるは悠介に稽古をつけてもらうことになった。

一緒に暮らせるだけでうれしいのに、自分のために時間を割《さ》いてもらえるなんて贅沢《ぜいたく》だ。本を読むだけではわからないところや、疑問に思ったことを口実に多くの時間を共有しながら、共通の話題が増えていくのも楽しかった。

休日の今日は悠介の部屋で座学をすることになっている。本や筆記用具を手に廊下を進むほたるの耳に、リーン……と澄み渡った音色《ねいろ》が届いた。

軒先に吊るされた南部鉄器の風鈴だ。家の窓を開け放してあるので、簾《すだれ》越しに心地よい風が入ってくる。

リーン、リリーン……リーン……。

夏の音色に聞き惚《ほ》れているうちに、すぐに悠介の部屋に着いた。

「悠介さん」

「あぁ、ほたるか」

開け放たれた襖の向こう、机に向かっていた悠介が顔を上げる。手招きに一礼してほたるは部屋に足を踏み入れた。

「今日も暑いな」

「ほんとうですね。こんな日には風鈴の音色がありがたいです。この間の水琴窟も素敵でした」

「覚えていたのか」

「もちろんです」

悠介に教えてもらったことは全部覚えている。きっと今日の日のこともこの軽やかな音色とともに記憶に残り続けるだろう。

ここにと勧められるまま、ほたるは悠介の向かいに腰を下ろした。

八畳ほどの和室はモダンなインテリアですっきりとまとめられている。天井からは丸い和紙張りの照明が下がり、その下に大きな黒檀《こくたん》のテーブルが置かれていた。

シンプルで素敵な部屋だけれど、あの窓辺に、あるいは書きもの机の上にでも庭の植物を飾ったらもっと引き立つような気がする。悠介さんの部屋には白い陶器が似合うだろうか、それとも黒の方がいいだろうか。そんなことを考えるのも楽しい。

これまでも掃除で立ち入ることはあったけれど、留守中に詮索《せんさく》するようなことがあっては失礼だといつも急いで出るようにしていたから、こうしてじっくり見せてもらうのははじめてのことだ。憧《あこが》れの人がここで暮らしているのだと思うと興味は尽きることがなかった。

室内をぐるりと見回し、ほうっとため息をつく。最後に目の前のテーブルに視線を戻したところではじめて、たくさんの書類が広げられていたことに気がついた。

「すみません。まだお仕事中でしたか」

「いや、これは違う。合同茶会の案内状だ」

「案内状？」

悠介が頷く。

なんでも、秋に複数の流派による合同茶会が行われるらしく、叶の関係者に案内を送るのだそうだ。それ以外にも門下生たちに渡す当日の集合場所や段取り、諸注意を書いたものなどいろいろある。

「これ全部、悠介さんが発送作業をするんですか？」

「宗介は稽古で忙しいからな。事務関連は専《もっぱ》ら俺の仕事だ」

封筒だけでいったい何枚あるのやら、ひとりでやっていては日が暮れてしまう。

「よかったら、ぼくにもお手伝いさせてください」

「いいのか。稽古のつもりで来たんだろう」

「大丈夫です。紙を折りながらでも教えていただくことはできますから」

にっこり笑うと、悠介もそれに応えて「ありがとう」と助力の申し出を受けてくれた。

さっそく案内状を折りながらの授業がはじまる。

茶事について、道具について、疑問に思っていたことを訊ねてみたが、悠介はそのすべてに淀《よど》みなく答えてくれた。そればかりか、ほたるがイメージしやすいように時々手を止めては図録などの貴重な資料を見せてくれる。その博識さには感服させられるばかりだった。

誠実で頼りがいのあるところははじめて会った時から変わらない。

思いきってそう言ってみたものの、悠介はなぜか少し困ったような顔をした。

「それでも、ただの裏方だけどな」

悠介は手元の封筒を見やりながら言葉を続ける。

「小さな頃から研鑽《けんさん》を積んだおかげでそれなりに作法は身につけたつもりだ。だから茶会があるたび駆り出されるんだが……雑用ばかりで、正直あまり張り合いはない」

「悠介さんが雑用をなさるんですか？　家元のお身内なのに？」

「流派を継ぐのは宗介だからな。兄は生まれた時からこの家を背負って立つと決まっている」

その証拠に、長男の名には父親から『宗』の字が贈られる。叶家男子が代々継いできた一文字だ。

それを聞いて、先日庵で行われた茶会のことを思い出した。

あの時、宗哲は宗介のことしか目に入っていないようだった。そしてそのことを悠介や宗介はしかたがないと受け入れていたように見えたけれど……。

思っていることが顔に出ていたんだろう。悠介が「心配するな」と首をふった。

「宗介ばかりが優遇されてと父や兄を恨んだことはない。兄とは昔から仲もいいしな」

「そうなんですか」

親が片方を特別扱いすれば、兄弟間はギクシャクしてしまうものだと思ったけれど。

「両親が宗介に期待してるのはわかってる。自分と差をつけているのもな。……だが、この規模の本家を継いで、さらには流派まで守っていくのがどれほど大変なことなのか、傍にいれば嫌というほどよくわかる。それを宗介は文句ひとつ言わず黙々と背負おうとしてるんだ。そんな兄を、俺はむしろ尊敬している」

「悠介さん」

「俺は次男というだけでそんな重圧を受けることもなく、自分で選んだ会社に勤めて外の世界を謳歌《おうか》している。だから申し訳なさのようなものもあるんだ、兄に対しては。俺と違って宗介は好きなことなんてなにもできなかっただろうからな」

「そうだったんですか」

――そんな事情があったなんて……。

知らなかったとはいえ、つい踏みこんで聞いてしまった。

詫びるほたるに、悠介はなぜか照れくさそうに笑った。

「謝らなくていい。……それにこんなことを言うとおかしいかもしれないが、今はこれでよかったと思ってるんだ。男のおまえを許嫁にするなんて無茶が通ったのも俺が次男だったからだろう」

確かに、悠介が長男だったら決して許されなかったことだと思う。

それでもいくら跡目《あとめ》でないとはいえ、同性を許嫁にするなんて発想がよく出たものだ。

「はじめて会った時に思ったんだ。お嫁さんにするならこの子がいいって」

「………え？」

彼は今、なんて言った？

あまりに思いがけない言葉に理解が追いつかない。ぱちぱちと瞬《まばた》きをくり返すばかりのほたるに、悠介ははにかみながら眉を寄せた。

もしかして、照れてる……？

はじめて見る表情だ。いつも泰然としているところばかり見ていたから。

「泣き顔がかわいかったな。慰《なぐさ》めたくて、持ってた和三盆をあげたんだ。覚えてるか」

少しずつ速くなる鼓動《こどう》とともにこくんと頷く。忘れるわけなんてなかった。

見返した悠介の眼差しは当時と同じようにおだやかだ。懐かしそうに目を細めるのを見つめながら胸がドキドキと高鳴ってくる。

あの時、自分は恋に落ちた。

――もしかして、悠介さんもぼくのことを……？

息を詰めて次の言葉を待つ。

けれど、悠介の口からは期待とはかけ離れた言葉がこぼれた。

「後で男の子だと聞いて驚いたっけ」

「え？」

「誤解して悪かった。だが、それからもずっとおまえのことは弟みたいに思ってたんだ」

その瞬間、ぱちんと目が覚める。

――弟…………。

気持ちがついていかずに言葉が出ない。そんなほたるを、女の子と間違えたせいで機嫌を損ねたと取ったのか、悠介はいつになく饒舌《じょうぜつ》に語り続けた。

「俺には兄がいるだろう。稽古に来るのも、行事で集まる親戚《しんせき》連中も年上ばかりだったから、ずっと弟がほしかったんだ。……まぁ、兄貴風を吹かせたかっただけかもしれないが」

「そう……、ですか」

苦笑する悠介を見上げながら気持ちがどんどん萎《しぼ》んでいく。さっきまであんなに膨《ふく》らんでいた期待は今や影もなく、ただ胸が詰まるばかりだった。

「おまえがほんとうの弟だったらなぁ。小さい時からあちこち連れていけたのに」

気の利いた言葉が見つからず、ごまかすこともできずに、ほたるは曖昧に微笑んだ。

そうですね、と笑えればいいのに。悠介さんの弟だったらきっと楽しかったでしょうね、とも。

こんな時どうすればいいのかわからない。悠介との間に、目に見えない薄い膜《まく》が張っているように感じられた。

――いけない。こんなことじゃ……。

心の中で己を叱咤《しった》する。

自分が一方的に好きなだけだ。同じように好きになってほしいなんて我儘すぎる。こんな自分に親しみをこめて弟と思ってくれたことに感謝こそすれ、がっかりしては失礼だ。

「…………」

ほたるは大きく息を吸う。ゆっくり深呼吸をして昂《たかぶ》った気持ちを落ち着けると、やや強引に話題を変えた。

「お茶以外にも、悠介さんのことが知りたいです。普段どんなお仕事をされているのかお訊きしてもいいですか？」

「仕事？　会社のか？」

意外な質問だったのか、悠介がひょいと眉を上げる。それから「特に珍しい話でもないぞ」と苦笑しながら口を開いた。

「法人向けのオフィスサプライ関連商品を扱う会社でマーケティングの仕事をしている。ごく普通のサラリーマンだ」

「オフィスサプライ……マーケティング……？」

「たとえば、コンビニエンスストアにはコピー機があるだろう。昔はただコピーを取るだけだったが、最近はＳＤカードやスマートフォンから直接プリントしたり、ネットワークに繋いでネットプリントもできるようになった。そういう消費者のニーズを探りながら商品化する一端を担ってる」

具体的に説明してもらうと親近感が湧《わ》く。

まさに時流を読む仕事という感じだ。ほたるがこの家に来て十日になるが、その間、朝早くから夜遅くまで忙しそうにしている悠介を見てきた。

まだ早朝という時間に起き出し、自室で仕事をしてから朝食を摂《と》って出かけていく。帰りは家族が

風呂や夕飯を済ませた後、それもだいぶ経ってからのことが多い。一日の大半を仕事に費やしている
のが少し心配でもあった。

「なんだ。知ってたのか」

悠介が照れくさそうに眉を寄せる。

「朝のは仕事じゃない。資格を取ろうと思って、その勉強をしてるんだ」

「お仕事だけでなくお勉強まで」

どうりで忙しくしているわけだ。

――頑張っている悠介さんのためになにかできたら……。

「あの、よかったら、朝のお勉強の時にお茶をお持ちしましょうか。目覚めてすぐは喉も渇いている
でしょうし」

思いきって提案すると、今度は悠介の方が驚いたような顔になった。

「おまえまで無理して起きることはないんだぞ」

「早起きは苦になりません。悠介さんのお手伝いがしたいんです」

夏は寝ている間に汗をかくから、意識的に水分補給をしてほしい。それに、朝一番に悠介と言葉を
交わせるおまけもついてくる。

「ほたるが来てくれるとなったら寝坊はできないな。気をつけないと」

「悠介さんたら」

顔を見合わせてくすりと笑った。寝過ごした悠介を起こすというのもなかなか楽しそうだけれど、彼の側からすれば年下相手に示しがつかないというところだろうか。

話をしながら手を動かしているうちに、なんとか封緘《ふうかん》が完了する。

大きく伸びをした悠介が左右に首を倒しているのを見て、ほたるは座布団《ざぶとん》から立ち上がった。

「肩が凝《こ》っているなら揉《も》みましょうか。ぼくでは力が足りないかもしれませんが、少しは血行がよくなると思いますから」

テーブルを迂回し、悠介の後ろで膝立ちになる。

やはりそれなりに疲れが溜まっていたのか、力を入れた親指から筋肉の張りが伝わってきた。

「ずいぶん凝っているみたいですね。力加減はどうですか」

「あぁ、ちょうどいい。上手だ」

悠介がほっと息を吐く。

「こんなになるまでお仕事ばかりされていて、恋人はいらっしゃらないんですか」

「許嫁がいるのに恋人がいたらおかしいだろう」

「ぼくなら……」

ただの、形だけのものですから。

そう言いかけて口を噤《つぐ》む。肩越しにふり返ろうとした悠介に「なんでもないです」と首をふって、ほたるは話を続けた。

「それならこれまでは、どんな方とおつき合いされていたんですか」

「どうした。おまえがそんな話をするなんて」

「今日は悠介さんのことをいろいろ知ることができたので」

思いきって訊いてみたい。今なら訊ける気がするから。

悠介は少し逡巡《しゅんじゅん》するように首を傾げた後で、「昔の話だが……」と話しはじめた。

「会社の同期だったんだ」

同じ部署に配属されたことがきっかけで親しくなり、彼女の方から告白されてつき合いはじめた。さっぱりした性格の女性で、悠介が家のことを話しても萎縮《いしゅく》することなくごく自然に向き合ってくれるのを見て、彼女なら古い家に縛られることもないかと思ったのだそうだ。

「将来のことも考えた」

その言葉に胸がズキリと痛む。

「それなのに、どうして……」

声がふるえそうになるのをこらえて訊ねると、悠介は力なく首をふった。

交際一年を機に彼女を両親に紹介したが、強く反対された。保守的な叶の家ではキャリアアップのため海外で働いてみたいという彼女の進歩的な考えは受け入れられなかった。

そうこうしているうちに恋人がワーキングホリデーでオーストラリアに行くことが決まり、ふたりの道は別々になった。夢を叶えた彼女に、悠介も納得して関係を解消したのだという。

「なにを大切にして生きるかは人それぞれだ。性格にもよるしな」

悠介は自分に言い聞かせるように目を伏せる。どちらかが心変わりをしたり、喧嘩《けんか》別れをしたわけではなく、前向きな終わり方だったと聞いてなんとなく心が騒いだ。

――まだ、気持ちが残っていたりして……。

胸の奥がざわっとなる。

「別れてからは恋愛自体に興味を持てなくなった。どのみち跡を継ぐわけでもない。この家に合わせて結婚するなんて俺には無意味なんだと気がついた」

悠介は一度言葉を切り、苦いものを嚙んだように顔を歪《ゆが》めた。

「許嫁を選べと言われたのはその直後だ。……あの時ほど思ったことはなかったよ。そんなに家が、しきたりとやらが大事なのかって」

あぁ、それで彼は――。

唐突にすべてを理解する。だから悠介は結婚できない同性の自分を許嫁に指名したんだ。両親への当てつけとして。

悠介は大きく息を吸いこみ、意を決したようにこちらを見た。

「おまえにはすまないことをした。いくらしきたりに嫌気《いやけ》が差したとはいえ、おまえに迷惑をかけていいわけはなかったんだ。巻きこんでしまってほんとうに悪かった」

「いいえ」

ほたるはふるふると首をふる。

謝られることなんてない。自分の方こそ、許嫁という立場をいいことに恋心を隠したまま傍にいる。彼は巻きこんだと言ったけれど、それがなければこうして隣にいることなんて叶わなかった。だからたとえ束の間のものだとしてもこうしていられて自分はうれしい。

そっと微笑むほたるに、悠介は静かに目を伏せた。

「ありがとう。おまえにはついいろいろ話してしまうな」

「悠介さん」

「あぁ、そうだ。渡そうと思っていたものがあったんだ」

そう言って悠介は小さな帳面を差し出してくる。

桜色の縮緬《ちりめん》を貼った手のひらサイズのメモ帳だ。中は風合いのあるやわらかな和紙が使われていて、しっくりとよく手に馴染んだ。

「前に、手にメモを書いていたことがあったろう」

「あ……」

教えられたことを忘れないようにと手の甲に書きつけていたのを見られたらしい。

「みっともなくてすみません」

「いや。おかげで俺もこうして贈りものを選ぶことができた。飴のお礼をしたいと思っていたんだ。使ってくれたらうれしい」

悠介さんからのプレゼント――。

じわじわとうれしい気持ちがこみ上げてくる。それははじめてもらった和三盆を口に入れた時の、ふわりと広がる甘さにどこか似ていた。

使ってしまうのがもったいないと思う反面、せっかく買ってきてくれたんだからという思いが混じり合う。彼が自分のことを考えて選んでくれたんだと思うと、うれしいのになんだか気恥ずかしくて何度も指先で表紙を撫でた。

「桜色、かわいいですね」

「この間おまえが着ていた着物の色だ」

悠介は「よく似合ってた」と目を細める。

「それにしても、女性用の小物を選ぶのは照れくさいもんだな。すぐに店員が寄ってきて訊くんだ、彼女にプレゼントですかって。さすがに許嫁とは言えなかったが……」

悠介は顔を顰めながら苦笑する。きっと答えに窮《きゅう》したんだろう。その時の様子を想像してしまい、年上の人にも拘わらずかわいいだなんて思ってしまった。

微笑むほたるを見て、悠介もやがていつものようにおだやかに笑う。その表情が変わっていく様を目に焼きつける思いでそっと見つめた。

悠介にとってはなにげない、けれど自分にとっては大切な一瞬一瞬。こんななにげないやり取りも、顔を見合わせて笑うことも、あっという間にできなくなる。

だから大事にしよう。

全部大切な思い出にしよう。

一年後、笑顔でここを去るために。

*

ほたるが叶家に来て一月が過ぎようとしている。

残暑厳しい九月の折《おり》、宗哲の還暦《かんれき》祝いが開かれることになった。

祝いの茶会を催すために宗介と悠介は半年前から準備をしていたそうで、宗哲の眼鏡に適《かな》う設えを求めて昨日はこちらに、今日はあちらにと忙しそうに走り回っていた。綾乃やほたるも日頃のことに加え、造園技師や茅《かや》葺き職人を呼んで庭の手入れを担当する。文は活け花や仕出し料理、各自の着物に至るまで事細かに全体を監督した。

本家家元の祝事ともなれば叶派の関係者だけでなく、分家連中もやって来る。招待客の名簿を作るだけで一仕事だった。

そんな祝典は一日を通して行われることになっている。

午前中が家元としての講演会、そして正午の茶事を挟んでお茶の関係者と分家たちが入れ替わる。夕方からは本家の宴《うたげ》だ。料理を出したりお酌《しゃく》をしたりと、ほたるも忙しく立ち働くことになるだろう。それは本家次男の許嫁として、分家連中に顔見せをするということでもあった。ただでさえ、男の許嫁と後ろ指を指される立場だ。せめて少しでも役に立つところを見てもらって、宗哲や悠介の顔を潰さないようにしなければ。

——大丈夫。

自分に言い聞かせながらそっと胸元に手を当てる。懐には悠介からもらった桜色の帳面を忍ばせてあった。あれ以来、お守り代わりにいつも持ち歩いているのだ。こうしていると悠介が傍で見ていてくれるような気がして不思議と心が落ち着いた。

「ごめんください」

その時だ。

引き戸を開ける音に続き、来訪を告げる声にほたるは慌てて玄関へ向かう。今日最初のお客様だ。失礼のないようにしなければ。

「ようこそいらっしゃいました」

上がり框《かまち》に手を突き、三和土《たたき》に立つ客に頭を下げる。

「……ふん。誰かと思えば」

「え？」

聞き覚えのある声にはっとして顔を上げると、そこにいたのは父親の利一だった。

今日は本家の祝いなのだから来て当然だ。頭ではそれがわかっているのに、こうして面と向かうとどうしても足が竦んでしまう。長年身体に染みついた条件反射のようなものだった。

「そんな格好までしているくらいだ。許嫁としての務めは果たしているんだろうな」

「いっそほんとうの女の子だったらよかったのに」

ため息をついたのは隣の美苑だ。

久しぶりに会ったというのに、両親は息子の近況を気遣うようなそぶりもない。この家でやさしい人たちに囲まれているうちに忘れかけていた寂しさを思い出し、ほたるはそっと唇を噛んだ。

――――しかたがない。自分は期待には応えられない存在だから。

「ご案内…、いたします。どうぞこちらへ」

上擦った声でふたりを客間へと促す。

廊下を歩いていると、向こうから袴《はかま》姿の悠介がやって来た。

「六条さん」

ほたるが両親を連れているると見るなり足を止め、ふたりに向かって頭を下げる。

「本日はお忙しい中、おいでくださりありがとうございます。大切なご子息をお預かりしているにも拘わらずご挨拶もせずに失礼しました」

「いえいえ、とんでもない」

利一は鷹揚《おうよう》に首をふった。

「大してお役にも立たないでしょうが使ってやってください。なんなら、このままご本家に奉公させたいくらいですよ。店なら別のものが継ぎますのでね」

「……」

家にいる間は作業場が心の拠《よ》り所だった。許嫁の務めを終えたらまた戻れると思っていたけれど、もしかしたらもうそこにも自分の居場所はないかもしれない。暗《あん》に帰ってくるなと言われているようでズキリと胸が痛んだ。

「それは、どういう意味でしょう」

悠介が利一に怪訝そうな眼差しを向ける。

父親が口を開きかけたのを見て、ほたるはとっさにそれを遮った。

「あ、あの、そろそろご案内を」

「ほたる？」

「悠介さんもどこかへ行かれる途中だったんでしょう？　お茶席の方はよろしいんですか？」

その言葉に悠介は懐の時計を確かめ、やれやれと嘆息する。

「言ってもらって助かった。確かにそろそろ行かないと拙そうだ。……それでは、失礼します」

一礼するなり慌ただしく去っていく悠介の後ろ姿を見送って、ほたるもまた両親の案内を再開する。

はじめはもやもやとしていた気持ちも、忙しく一日を過ごすうちにいつの間にか忘れてしまった。

祝宴が終わったのは午後九時を回ってからだった。

すべての客を見送り、大まかな片づけを終えてほたるはほっと一息つく。残りの細々としたことも明日にはなんとかなるだろう。

綾乃とお互いを労り合い、ようやくのことで部屋に戻ると、襖の前にはなぜか悠介が立っていた。

「悠介さん……？」

食事が終わったのは一時間以上前だ。自室で休んでいると思っていたけれど、どうしたんだろう。格好も今朝の袴姿のままだ。

不思議に思って小走りに近づくと、その表情がやけに硬いことに気がついた。

「今日は一日大変だったな。疲れただろう」

「悠介さんこそ、お疲れさまでした」

悠介はじっとこちらを見下ろしたかと思うと、ややあって意を決したように息を吐く。

「おまえに訊きたいことがあって待ってた。……今朝のは、どういう意味だ？」

「え？」

「おまえは六条のひとり息子だろう。それなのに、家を継がないと決まっているのか？　俺が我儘を言っておまえを許嫁にしたからか」

「ち、違います」

慌てて首をふった。少しでも自分のせいなどと思ってほしくなかった。

「優秀な職人さんがいるんです。すごく一生懸命やってくださっているので、それで……」

嘘ではない。でも、ほんとうでもない。

悠介はまだ納得がいかないのか、真意を探るように目を眇める。

「腕のいい茶師がいるのはいいことだ。だが、おまえもそれに並ぶに値《あたい》する情熱を持っていると俺は思う。抹茶がどんなふうにして作られるのか、俺たちに教えてくれたのはおまえだろう？　飴の包装だって細やかな気配りの成せる技だ。ほんとうに大切に思っていなければきっとできない」

——そんなふうに、思っていてくれたんだ……。

思い出をひとつひとつ並べるように語る悠介を見上げながら、胸の奥が熱くなる。

それでも、言えなかった。どうしても嫌われたくなかった。

「ぼくはふさわしくないんです。不器用ですし、商才もありません。職人さんに継いでいただく方がお店にとってもいいと思います」

「それはほんとうにおまえの本音か」

「え……？」

虚《きょ》を突かれて声が掠《かす》れる。

言葉を選べずにいるほたるを、悠介は痛みをこらえるように眉間を寄せて見下ろした。

「そんなに寂しそうな顔をするな。俺の前でまで我慢するな。おまえは、そのままでいいんだ」

「……っ」

やさしく力強い声。その真剣な眼差しに射竦められる。こんな自分のために心を砕《くだ》いてくれているのだとわかって、胸がぎゅうっと痛くなった。

これ以上、ごまかせない。

曖昧な言葉ではぐらかせない。

こんなにも真摯《しんし》に向き合ってくれているのに、背を向け続けるわけにはいかない。

「ぼくは………ぼ、ぼくには、家を継ぐ資格がありません。お嫁さんももらえません」

緊張のあまり口内がカラカラに渇く。辛抱強く続きを待つ悠介の視線に背中を押されるようにして、ほたるは思いきって言葉を継いだ。

「ぼくが好きになるのは、男の人だから」

言い終わると同時に目を閉じる。頭の中で大きな音がぐわんぐわんと反響した。

――――とうとう、言ってしまった。

悠介はなにも言わない。ただじっとこちらを見下ろすばかりだ。

そんな沈黙を埋めようとするかのように言葉が勝手に口から出た。

「こんなの気持ち悪いですよね。わかってるんです、普通じゃないって……。両親もそれに気づいてぼくを跡目から外しました。跡を継いだ息子がいつまでも独り身では店の信用に関わるからって」

些細なことから息子が同性愛者だとわかるなり、両親はあっさりとほたるを見限った。実の親がそうしたくらいだ、悠介にも同じように軽蔑《けいべつ》されてしまうかもしれない。

——どうしよう。

今さらのように恐くなって両手を強く握り締める。彼にはせめて正直でありたいと思いきって打ち明けたけれど、もしも見限られたら生きていけない。

——どうしよう………。

唇を噛み締めた時だ。

不意に、あたたかいものが髪に触れた。

「そんなふうに思い詰めるもんじゃない。俺は気持ち悪いだなんて思わない」

頭を撫でているのが悠介の手だと気づき、恐る恐る顔を上げる。

こちらを見下ろしていたのは慈愛に満ちた表情だった。

「話してくれてうれしかった。ありがとう」

やさしい声とともに引き寄せられる。後頭部に添えられた手に顔を胸に押しつけるようにされてはじめて、抱き締められているのだとわかった。

——こんな、ことが……あるなんて………。

そうっと息を吸いこんだ途端、悠介の匂いにくらくらとなる。衣擦《きぬず》れの音も、頬から伝わる体温も、すぐここにあることがまだ信じられないくらいだった。

ほんとうに、抱き締めてもらっているんだ。悠介さんに。ずっと想っていた憧れの人に……。

胸がいっぱいで言葉にならない。

「ずっとひとりで抱えてたんだな」

「悠介さん」

「今までよく頑張った。おまえは、頑張ったよ」

「ゆ、すけ…、さん……」

やさしい声にほっとしてはじめて、自分がどれだけ気を張っていたのか思い知る。心を守るために必死に重ねてきた鎧《よろい》が音もなく剝《は》がれ落ちていくのがわかった。

受け止めてもらえるなんて思ってなかった。

受け入れてもらえるなんて考えたこともなかったから。

「……、っ………」

胸の奥から熱いものがこみ上げ、涙となって頬を伝う。

「心細かっただろう。もう我慢しなくていい。苦しかったな」

まるで思いに寄り添うように強く強く抱き締められ、ほたるは声を殺して泣きじゃくった。けれど熱い涙は悲しみではない。それは生まれてはじめて感じる、許されることへの安堵《あんど》だった。

この人はどうしてこんなにもほしい言葉をくれるんだろう。自分さえ求めていることに気づかずにいたような言葉を。

「おまえはひとりじゃない。いくらでも俺を頼ってくれ」

わずかに身体を離される。

悠介は涙でぐちゃぐちゃの顔に苦笑してから、そっと両手の親指で涙を拭ってくれた。

「やっぱり、泣いた顔は昔から変わらないな」

「す、すみ……ませ……」

「無理しなくていい。落ち着くまでこうしていよう」

もう一度、今度はふわりと抱き寄せられる。子供にするようにやさしくぽんぽんと背中を叩かれ、手のひらで撫で擦《さす》られているうちに、少しずつ呼吸も整っていった。

ゆっくりと深く吸って、吐いて。

肩が持ち上がるのに合わせて悠介が背中を撫でてくれる。「そう、その調子だ」と褒めてもらえるのがうれしくて何度も夢中でくり返した。

「落ち着いたか」

しばらくして悠介の声が降ってくる。

顔を上げると、どこか悪戯《いたずら》っ子のような表情と目が合った。

「よかったら、これからふたりで茶会をしないか」

「え？」

こんな夜に……？

思いがけない言葉に瞬きをくり返す。驚いた時の癖《くせ》なのだ。弾《はず》みで目尻に残っていた涙がこぼれそうになり、ほたるは慌ててそれを拭った。

「疲れているなら無理にとは言わない。あたたかいお茶を飲めば、気持ちも落ち着くと思ってな」

「でも、悠介さんこそお疲れなんじゃ……」

「俺を頼ってくれと言っただろう。おまえが元気になった顔が見たいんだ」

そんなふうに言われて断れるわけなんてない。

「それなら、お言葉に甘えて、よろこんで」

「よし。決まりだ」

先に立って歩く広い背中を追いかけながら、しみじみと想いを噛み締める。

出会ってからこうして何度彼に恋をしているだろう。傍にいられるだけでもうれしいのに、こんなふうに気にかけてもらえて想いは強くなるばかりだった。

連れていかれた四畳半は、普段は稽古に使っている部屋なのだそうだ。茶室は神聖な場所だからと普段の掃除もお弟子さんたちに任せ、ほたるは遠慮させてもらっている。だからこうして足を踏み入れるのははじめてのことだった。

控えの間で足袋《たび》を替えている間に、悠介が設えを整えて出てくる。

水屋に向かう彼と入れ違うようにして襖の前に正座したほたるは、ていねいに一礼し、そっと襖を引き開けた。

「わ……」

その途端、闇《やみ》に浮かぶ橙 色《だいだいいろ》の灯りが目に飛びこんでくる。てっきり部屋の電気を点《つ》けてお手前をするものだと思っていたけれど、どうやら悠介は夜景色も利用することにしたらしい。

――よかった……。

思わず、ほっとしてしまった。

さっきたくさん泣いたせいで、実は目が腫《は》れぼったく感じていた。蛍光灯の下ではみっともなく見えるだろうと少し心配もしていたのだ。それに、強い光が目に染みて痛かっただろうなとも思う。

そこまで見越してこの設えにしてくれたのだとしたら、彼はどこまですごい人なんだろう。

悠介の心遣いに感謝しながらほたるは躙って部屋に入った。

目が慣れてくるに従って、四隅に置かれた行燈《あんどん》の脚《あし》も見えてくる。和紙を通したあたたかみのある光が部屋をより一層美しく浮かび上がらせていた。

床の間の近くに置かれた行燈は一際あかるく、掛け軸をやさしく照らしている。拝見しようとその前に座ったほたるは、かかっている絵を見てまたもはっとなった。描かれていたのはやさしい淡墨の達磨《だるま》だった。

「悠介さん……」

それが悠介からのメッセージだとすぐにわかる。

人生、七転び八起き――苦しいことがあっても諦《あきら》めるなと。

このかわいらしい顔をした達磨のように、丸くおだやかな気持ちでいなさいという意味もあるのかもしれない。あるいは、これからいいことがありますようにと縁起《えんぎ》を担《かつ》いでくれたのかもしれない。そのどれもが自分を励ますには充分で、彼の気持ちがうれしくて、見ていて涙が出そうになった。

正客の座に着いてしばらくすると、静かに茶道口が開く。顔を見せた悠介は、掛け軸を見ていたほたるに気づいてそっと頷いてくれた。

主客総礼の後、ふたりきりの茶会がはじまる。

小さな頃から稽古を重ねてきただけあって、悠介は歩き方から座り方、道具の扱いに至るまで、ひとつひとつの動きが洗練されていてとても美しかった。習いはじめた自分とは違い、動きのすべてに必然性があるのがわかる。まっすぐに背筋を伸ばし柄杓を構える姿は一枚の絵のようだった。

悠介は建水を膝頭まで進め、居住まいを正す。次に茶碗、棗の順で置き直し、紫色の袱紗を捌いて道具を清めた。ほたるが稽古で使っている女性用の橙の袱紗とは色も違うし、大きさも一回り違う。節《ふし》くれ立った手が器用に布を操《あやつ》り、流れるように棗や茶杓《ちゃしゃく》を清めてゆくのを憧れとともに見守った。

静かな室内にかすかに湯の沸《わ》く音がする。

茶筅《ちゃせん》通しを終えた悠介は白い瓢簞《ひょうたん》型の陶器を真横に置くと、茶杓を取るなり軽く頭を下げた。

「お菓子をどうぞ」

ほたるは躙って陶器を取りに行き、再び正客の席に戻る。つるりとした瓢簞の栓を抜くと、中には金平糖《こんぺいとう》が入っていた。

――わぁ……。

こんな干菓子もありなのかと、かわいらしいお菓子に頰がゆるむ。

達磨が悠介からの応援とするなら、金平糖は笑顔を作る薬だ。それにほたるの好物《こうぶつ》でもある。逸《はや》る気持ちを抑《おさ》えながら瓢箪をひとふりすると、中からころころと菓子が転がり出てきた。

真っ白な懐紙の上に淡い黄色の金平糖が散らばる様は星座のようだ。嚙むとシャリッという小気味いい音とともに砂糖が崩れ、ほんのりとした甘さが口の中に広がった。

見計らったようにお茶が供《きょう》される。

「頂戴いたします」

浅葱色《あさぎいろ》の器に、抹茶の緑が映えてとてもきれいだ。自分のために点ててくれたお茶だと思うとなおさら大切なものに思え、ほたるは感謝とともに口をつけた。

やわらかな泡《あわ》と、ふくよかな香り。そこにほのかな苦みが混ざり合い、もう一口、もう一口と後を引く。あっという間に啜《すす》りきって茶碗を畳の上に戻すと、それを待っていたかのように悠介がふっと微笑んだ。

「口に合ったか」

「はい。とてもおいしかったです。結構なお点前をありがとうございました」

ここからはざっくばらんに話してもいいという合図だ。

「ほんとうはお仕舞いまでやるべきだろうが、おまえと少し話したくなった」

差し出された茶碗を受け取った悠介は、そこに柄杓で湯を注ぎながらしみじみと口を開いた。

「茶会の前にはいつも、抹茶を届けに来てくれたっけな」

「そうでしたね」

茶会には、前の日に茶臼で碾いた抹茶を使うと決まっている。そのため、それに合わせて毎回お茶を拵えるのが六条の仕事だった。ほたるにはでき上がったお茶を届ける役目があり、同じように叶の家で裏方を担う悠介に茶筒を手渡す時こそが大切な逢瀬《おうせ》の時間だったのだ。

「大雨が降ったこともあった」

「それでも悠介さんは勝手口で待っていてくださいました」

あの頃は顔を見られるだけで、言葉を交わせるだけでよかった。

それが今や、憧れの人にこうしてお茶を点ててもらえるなんて。

しあわせを噛み締めていると、悠介は思い出したように手を止め、懐からなにかを取り出した。

「これをおまえに」

手渡されたのはお守りのようだ。白地に薄紫の糸で『大願成就《じょうじゅ》』と刺繍《ししゅう》してある。きれいだなとは思ったけれど、なぜそれをくれるのかがわからなくてほたるは小さく首を傾げた。

「口に出して言えないことはそれに託すといい。どんな願いも叶えてくれると聞いた」

会社の同僚から御利益《ごりやく》がある神社の話を聞いて、わざわざもらいに行ってくれたのだそうだ。

「どうして、ぼくに……」

「おまえは言いたいことを溜めこむ癖があるだろう。一緒に暮らしていてそれがよくわかったんだ。だから、お守り相手なら言いやすいんじゃないかと思ってな」

「そ、それはそうかもしれませんが……でも、ぼくなんかに申し訳ないです」

「おまえにやりたくてもらってきたんだ。こういう時は、『ありがとう』って言ってもらえると俺もうれしい」

「悠介さん……」

自分のために心のこもった茶会を開いてくれた。忙しい合間を縫ってお守りをもらってきてくれた。そんな彼への感謝の言葉が『ありがとう』だけではとても足りない。形だけの関係でしかないのに、それでも心を砕いてくれる悠介の気持ちがうれしくて、ほたるはお守りを胸にぎゅっと抱き締めた。

「ありがとうございます。ずっとずっと大事にします」

ここにいる間はもちろん、約束の時間が終わってからも、ずっと。

思いをこめて見上げるほたるに、悠介はおだやかに微笑んだ。

「少しでもおまえの支えになるならよかった」

「はい」

鳶色の目を見つめながら心に誓う。

彼が自分を支えてくれるように、自分も彼の助けになりたい。たとえ儚《はかな》く消えるとしても、蛍火のように悠介をそっと照らしたい。

それがきっと、自分にできる恩返しだと思うから……。

やさしくしてくれた悠介のため、受け入れてくれた悠介のために。


当主の還暦祝いという一大行事を無事にやり遂《と》げてからというもの、嫁仲間の綾乃とはさらに絆《きずな》が深まりつつあった。

いつもは先輩である綾乃からアドバイスをもらうことが多かったが、慣れてくるに従ってほたるも少しずつだけれどアイディアを出せるようになり、今はふたりで協力しながら家事をこなしている。

今日は、廊下のニスを塗り直す約束をしていた。

築年数を重ねた日本家屋は定期的に手を入れる必要がある。実家も大概古いけれど、人の出入りの多い叶の家は廊下や畳が傷むペースも早い。そのため来客の予定がない今日、内縁の塗装を修繕することになったのだった。

廊下の手入れははじめてなので、経験者である綾乃の指示に従って頑張るつもりだ。

「よし、やろっか。まずは汚れ落としからね」

「はい」

綾乃がさっそく手本を見せてくれる。劣化した古い塗装や表面の汚れをサンドペーパーでやさしく擦って落とすのだそうだ。

「力を入れすぎないようにね。……そうそう、上手。それじゃ、そんな感じで手分けしていこう」

「えっ、もうですか」

「もうだよー。廊下長いもん。頑張ろうね」

綾乃はそう言うなり玄関の方へ行ってしまう。

初心者の自分がほとんどぶっつけ本番のような形でサンドペーパーをかけても大丈夫だろうかと少し心配になったものの、見渡した廊下の広さに言葉を失い、ほたるも遅れて覚悟を決めた。

綾乃が人目につきやすい玄関をやってくれるならまだ安心だ。自分は家の奥の方から慣らし運転をしているうちに少しはマシになるだろう。そんなことを考えながらはじめこそおっかなびっくり床を擦っていたほたるも、次第に汚れを落とすことに夢中になった。

長い廊下の真ん中あたりで再び合流した後は、いよいよメインのニス塗り作業だ。内縁は雨風に晒《さら》されることで傷みやすいので、塗膜を作って板材を保護するといいらしい。

「ニス塗りなんて小学校以来です」

懐かしさとともに茶色い液体を覗きこむ。

「学期末は先生が教室のニス塗りしてたよね。全部終わった頃に忘れものに気づいたりして」

「乾くまで入らせてもらえないんですよね」

「そうそう。冬休みの宿題丸ごと机の中に忘れた時は怒られたなぁ」

「綾乃さん、さすがにそれは……」

我慢できずに噴き出すほたるに、綾乃もあかるく声を立てて笑った。

おっちょこちょいでやさしい綾乃といると気持ちがほっとする。分家出身同士という気安さのようなものもあるかもしれない。気を張らずにいられるので綾乃と家事をするのはとても好きだった。

和やかに話しながらふたりは玄関から交代でニスを塗っていく。

刷毛《はけ》の持ち方から手の動かし方、ニスを含ませる量に至るまで、ほたるは綾乃がやるのをよく見て真似た。ここで塗りムラができては一巻の終わりだ。ある程度塗って疲れたらほたるに代わり、また綾乃に交代してと交互にそれをくり返した。

「ふー。こんなもんかな」

すべての作業を終え、ようやく額《ひたい》の汗を拭う。

ほたるが道具を片づけて戻ると、綾乃が冷たい水出し茶を持ってきてくれたところだった。

「休憩しよう、ほたるくん」

「わぁ、おいしそうですね」

透き通ったガラスの茶器にお茶が映えて眩しいくらいだ。「お疲れさまでした」「いただきます」と手を合わせたふたりは揃って茶碗に口をつけた。

ひんやりとした甘みとやさしい香りが口の中にすうっと広がる。遠くの方から響いてくる風鈴の、リーン……という澄んだ音色を聞いているうちに疲れなどどこかに吹き飛んでしまった。

「労働の後のお茶は格別だねぇ。ところで、ここでの生活はどう？　慣れてきた？」

「はい。おかげさまで」

来たばかりの頃は目の前のことをこなすだけで頭がいっぱいになったものだったけれど、ようやくペースが摑めてきたように思う。

「そっか、よかった。でもお客さんの多い家だから気疲れもするよね。無理しちゃだめだよ」

「え？」

「還暦祝いの食事中、ちょっと元気がなかったみたいだったから」

――綾乃さん、気づいてたんだ……。

その場に両親がいたからだ。自分ではいつもどおりのはずだったのに、そんなにわかりやすく顔に出ていただろうかと不安になるほたるに綾乃は苦笑で応えた。

「なにがあったのかはわからないけど、わたしから見て、ほたるくんは一生懸命頑張ってると思うよ。それに、すごいなとも思う」

「すごい？」

「失礼な言い方になったらごめんね。ほたるくんは男性でしょう。それでも、しきたりを守るために悠介さんの許嫁としてここにいる――複雑な思いがあるんじゃないかって……」

どこか申し訳なさそうに話す綾乃に、ほたるは静かに首をふった。

「ぼくなら、悠介さんにとてもよくしていただいていますから大丈夫です。宗介さんにも、もちろん綾乃さんにも」

「もう。かわいいこと言って」

綾乃が鼻の頭に皺を寄せる。照れた時の癖なのだ。

「でも忘れないでね。いつでも力になるから」

仲良くしているほたると悠介を見るのがうれしいのだと綾乃は語る。

「悠介さんって、あんまり顔に出ない人だと思ってたんだけどね」

そう言って綾乃は悪戯っ子のようにくすくす笑った。

なんでも、ほたるが来てから悠介はよく笑うようになったらしい。

それまでの彼も親切で、よくできた次男という印象だったけれど、同時にどこか淡々としているようにも感じられたという。

「ほたるくんが来てから楽しそうだよ」

「そ、そうなんでしょうか」

「悠介さんにやさしくしてあげてね」

弾《はじ》かれたようにこくこくと頷く。それがあまりにわかりやすかったのか、「かわいいなぁ」と盛大に笑われてしまった。

「あ、そうだ。あのね、綾乃さん、これ……」

うれしくなって、悠介にもらったお守りを懐から取り出す。遠くの神社にわざわざもらいに行ってくれた話をすると、綾乃は目を丸くした。

「よかったねぇ」

そう言ってもらえてますますうれしい。

「悠介さんは、ほたるくんがすごく大切なんだね」

「そう、でしょうか。……そうかな。少しだけでも、そうだったらいいいな」

えへへとはにかみ笑うほたるに、綾乃は両手でパタパタと顔を扇《あお》いだ。

「あっついあっつい。ほたるくんに惚気《のろけ》られちゃったなー」

「えっ」

思わず頬が熱くなる。両手で顔を押さえていると、それを見た綾乃がなぜか「いいなぁ」と呟いた。

聞けば、同じ兄弟でも宗介はそういうことはしないらしい。

「綾乃さんと宗介さんは幼馴染みだったんですよね」

「生まれた時から許嫁って言われて育ったくらい」

綾乃はなにか思い出したのか、そっと肩を竦めた。

「宗介さん、今でこそマシになったけど、子供の頃は人見知りでねぇ……。無口だし、笑わないし、わたしずっと恐い人だと思ってたんだよね」

そんな人に嫁がなければいけないなんてと不安に思ったこともあったそうだ。

宗介といえば生まれながらにして叶家を背負うことを義務づけられ、厳しく躾《しつ》けられて育った人だ。

誰かと気安く話すことなどなく、ましてや相手が女性ではそれなりに緊張もあったのだろう。

そんな中、宗介にお茶を教えてもらったことがきっかけで、ふたりは打ち解け合うようになった。はじめのうちはどんなふうに接すればいいかと戸惑うことも多かったそうだが、綾乃も宗介の実直な人柄に触れるうちにもっと一緒にいたいと思うようになったのだという。

口下手な宗介の話を聞くのが好きで、人知れず彼が努力していることを見つけては口に出して褒め、照れる顔を見るのがなによりの楽しみになった。想いを告げられてうれしさのあまり号泣《ごうきゅう》し、宗介を心底驚かせたりもした。

「宗介さんたらすっごく取り乱しちゃってね……」

その時のことを思い出しているのだろう、綾乃がやさしい顔で目を細める。ほんとうに好きなんだというのが伝わってきて、聞いているほたるまでうれしくなってしまった。

悠介はしきたりに強いマイナスイメージを持っているようだけれど、少なくとも綾乃たち夫婦には運命だったに違いない。宗介を将来の旦那様と言われて育ち、ほたると同じく十六歳の時に正式に許嫁に指名された綾乃。二十歳で婚約が成立した後は先代の七回忌などで間が空いたものの、三年後に結婚し、今は新婚二年目だという。

いいな、と素直に思った。

大好きな人の隣に一生寄り添っていられるなんて、なんて素敵なことだろう。

無意識のうちに我が身に置き換えて考えそうになり、ほたるは内心首をふった。来年の夏が来たら自分はここから出ていかなければいけない。彼女のようにずっと傍にいることはできないのだから。

ぬるまったお茶を一息に飲み干す。

すると、ちょうどそこに宗介が通りかかった。

次期家元である彼は悠介と違って会社勤めなどはしていないが、その分お茶の関係者に会ったり、稽古をつけたりといつもなにかと忙しそうにしている。今日は久しぶりに家でゆっくりしているようだった。

「そうしていると姉妹のようだな」

宗介が眼鏡の奥の目を細める。

「ほたるくんとガールズトークしちゃった。宗介さんのことも話したんだよ」

得意げにピースサインをしてみせる綾乃に顔を顰めるのがおかしくて、あの宗介さんでも照れることがあるんだなと、なんだか少し身近に思えた。

「ふふふ。妹ができたみたいでうれしいな。よし、これからお姉さんと一緒にお昼ごはん作ろう」

「まったく……」

綾乃の勢いに宗介も苦笑するばかりだ。

お昼は素麵《そうめん》にしようか、それとも冷たいうどんがいいかと仲睦《むつ》まじく話すふたりを見つめながら、ほたるはしみじみと居心地のよさを嚙み締めた。

なにげない日常を愛しく思えるのは、今がほんとうにしあわせだからだ。自分にはよくしてくれる人たちがいる。なにより大切な悠介がいて、彼にもらったお守りもある。

全部全部大事にしよう。

忘れられない思い出を作ろう。

あらためて胸に刻むと、ほたるは綾乃の後について台所へと向かうのだった。


夕食後、着物の手入れをしていたほたるは、サアァ……という雨の音に手を止めた。

いつの間にか降り出していたらしい。暗い外に目を懲《こ》らすと細い雨筋がいくつも見えた。どうりで湿度が高かったはずだ。夕方頃からは湿った匂いもしていたから。

たとう紙を広げながら雨の音に耳を傾ける。はじめのうちはおだやかだった雨脚も徐々に強まり、やがて地面に打ちつける音がはっきりと聞こえるようになるまでさほど時間はかからなかった。

「傘《かさ》、あるかな……」

残業中の悠介のことが気にかかる。

朝はよく晴れていたし、もしかしたら傘を持っていないかもしれない。こんな雨の中をずぶ濡れで歩いたりしたらすぐに風邪《かぜ》を引いてしまう。

「……よし、決めた」

駅まで迎えに行こう。

ほたるは手早く着物を片づけ、洋服に着替える。高校時代から愛用している紺色のレインコートに袖を通せば準備完了だ。文に外出を断るなり、ふたり分の傘を持って家を出た。

叶の家から駅までは歩いて十五分ほどだ。

すれ違う人たちはみな家路を急いでいるのか、ほたるのことなど気にも留めない。この時間に駅に向かうのはせいぜいタクシーぐらいのものだ。

ようやくのことで駅前まで来ると、ロータリーにずらりと並ぶタクシー待ちの行列が見えた。

「そっか」

その手があった。

今さらのように気がついて思わず立ち止まる。さらに言えば、家の運転手に迎えに行ってもらうという方法もあったじゃないか。

「その方が濡れずに済んでよかったかも……」

考えの至らなさにしゅんとなりつつ、それでもせっかくここまで来たんだからと気持ちを立て直して地下通路へ降りる。もうすぐ券売機の前に着くというあたりで、ちょうど悠介が改札を通って出てくるのが見えた。

「悠介さん」

思わず独り言が洩れた。こんなにタイミングよく会えるなんて。残業が長引いた時のことも考えてしばらく待つ覚悟でいたからうれしい。

小走りで近づこうとしたほたるは、けれど悠介が鞄から折り畳み傘を出すのを見て足を止めた。

「あ…」

取り繕《つくろ》う間もなく悠介がこちらに気づく。

「ほたるじゃないか。こんな時間にどこか行くのか」

足早に近づいてくる彼に、とっさに持っていた傘を隠そうとしたものの間に合わなかった。

「もしかして、迎えに来てくれたのか」

「え、えと……はい。でも……、その……」

結局傘は無用だったとわかった今、逆に気の利かない自分が恥ずかしい。しっかりものの悠介なら折り畳み傘ぐらい持っているだろうに、それに思い至りもしなかった。

いたたまれなさに下を向く。

「ありがとうな」

けれど、向けられたのは感謝だった。

驚いて顔を上げるほたるの頭を、大きな手がやさしく撫でてくれる。

「疲れも吹き飛んだ」

「ほんとう、ですか」

「あぁ。すっかり元気になったよ」

そう言っておだやかに笑うのを見るうちに、余計なことをしてしまったという焦りのようなものも少しだけ薄くなった。

折り畳み傘を鞄に戻す悠介に、ほたるは持ってきた彼の傘を手渡す。

「それにしても、まさか迎えに来てもらえるとは思わなかったな」

並んで出口への階段を上りながら、悠介はなおもうれしそうだ。

「でも……お車でなくて、すみません」

「車？」

家の運転手に頼んでいれば濡れずに済んだこと、それを駅まで来てから気がついたこと、気が利かなくて申し訳ないと謝ると、悠介は思わずというように足を止め、それから小さく噴き出した。

「そんなことを考えてたのか。どうりで困った顔をしてたわけだ。確かに車なら濡れないだろうが、そういうのとは違うんだよな」

「違うんですか」

「あぁ。全然違う」

そう、なんだ……？

よくわからないけど、よろこんでもらえたらしいとわかって今度こそ胸を撫で下ろす。

地上に出るなり、悠介は持っていた黒い傘を広げた。

「俺の傘の方が大きい。こっちを差そう」

「え？」

どういう意味だろう。

きょとんとしていると、傘を持つのと反対の手でグイと肩を引き寄せられる。

「ほら、おいで」

「え？　あの、悠介さん……？」

これじゃまるで相合い傘だ。ほたるの分の傘もあるのに。周りには、人もいるのに。

――ほんとうに……？

そんなことをしていいんだろうか、これは夢じゃないだろうかと内心慌てているうちに、戸惑っているると取ったのか、悠介が軽く肩を竦めた。

「やっぱりひとりずつの方がいいか？」

「い、いえ。お邪魔します」

彼の気が変わらないうちにと急いで傘の中に入る。

歩き出した悠介に遅れないよう歩調を合わせることに専念していたほたるだったが、すぐになにもかも相手に任せていることに気がついた。

「あの、傘、お持ちします」

「気にするな。背が高い人間が差す方が都合がいい」

「それならせめてお荷物を……」

「大したものは入ってない。大丈夫だ」

なにを言ってもやんわりとかわされる。それどころか、ほたるに雨が当たらないように傘を傾けてくれるせいで悠介の肩が盛大に濡れているのを指摘してもまったく意にも介さぬ始末だ。

「おまえに風邪を引かせるわけにはいかない」

「悠介さんが風邪を引く方が嫌です」

「俺は昔から丈夫さだけが取り柄なんだ」

「それを言ったらぼくだって」

お互いに一歩も譲らず、終いには顔を見合わせて笑ってしまった。

傘の中で声が反響するせいか、いつも以上に悠介を近くに感じる。彼がなにか言うたび、自分に笑いかけてくれるたびに、なんだかくすぐったいような気分になった。

いくら家の中で許嫁として過ごしていても、一歩外に出ればこの関係が普通でないと言われることぐらいわかっている。だからこそ、こんなふうに往来を寄り添って歩けるなんて思わなかった。

「今日は、どうしてた？」

悠介の声もおだやかだ。

彼もまた、自分と同じように居心地のよさを感じてくれていたらいいなと思いながら、ほたるは訊ねられるままに一日の出来事を話して聞かせた。

「今日はお花のお稽古をしましたよ。お部屋の障子《しょうじ》も張り替えました。それから……」

悠介は興味深そうに頷いている。なんでも、朝に出かけてから夜に帰ってくるまでの間、ほたるが家でどんなことをしているのか実は気になっていたという。

「たまには休みを取って家にいようか」

「せっかくのお休みなら、悠介さんの好きなことをしてください」

障子紙を張っているところなんてじっと見てもあまり楽しくないだろうし、彼のことだからなんのかんのと理由をつけて手伝ってくれるに違いない。それでは休みでなくなってしまう。

「じゃあ今度、どこかに行くか」

「え？」

「これまでずっと家の中にいたもんな。……おかしいよな。考えてみたら、こうして一緒に外を歩くこともなかった」

悠介は自分の言葉になにか思うところがあったのか、静かにため息をついた。

「気詰まりすることもあったろう。たまには息抜きも必要だった。俺が気づいてやるべきだったのに、すまなかった」

「いえ、そんな……」

謝罪までされて、ほたるは慌てて首をふる。

確かに、実家にいた頃と比べれば生活は大きく変わった。慣れないことばかりだし、覚えることも山ほどある。

それでも大変だけれど苦ではない。コツコツとくり返せば自分でもできるようになると実感できて、むしろありがたいと思っていたくらいだった。

文にはいろいろなことを教えてもらっているし、宗介や綾乃にも助けてもらっている。宗哲とは顔を合わせること自体が少ないので、そこまで深く関わることはできないでいたが、実の両親にされたようなことは一度もなかった。

だから心配することはなにもない。

それを一生懸命説明したのだけれど、悠介の表情は曇っていくばかりだった。

「無理、してないか」

「悠介さん？」

「おまえが楽しんでやってくれているのはわかってる。ありがたいことだと俺も思う。……それでも、どこかで我慢させているような気がしてならないんだ」

「我慢だなんて」

「おまえにとっては無意識かもしれない。俺はそれが恐いんだ」

悠介がもどかしそうに顔を歪める。

「前にも言ったことがあったろう、叶家ではしきたりが最優先だと。生身の人間のことは後回しだ。俺はそれに異を唱えたかったはずなのに、結局は止められないでいる」

本家家長の意向は絶対だ。宗哲の前では、実の息子の意見さえ通らない。たとえそれが一生を左右する結婚のことであったとしても。

「同性を許嫁に指名することで、目を覚ましてもらえたらと思ったんだ。意味のないルールに縛られるのはもうやめようと。……結果的には俺の浅慮《せんりょ》だった」

提案は受け入れられ、六条側もそれを呑んだ。家同士の繋がりを前に為す術もなかったという。

「おまえは、どんな思いで決定を聞いた？」

どんな思いで――。

ほたるは返す言葉もなく目を伏せる。言えるわけがない。うれしかっただなんて。大好きな人の傍にいられるとわかってよろこんだなんて。

「ほたるはやさしい。やさしいから自分を後回しに我慢してしまう。今回のことだって、これですべてが丸く収まるならと進んで引き受けたんじゃないのか」

「そ、そんな」

「心を縛りつけられるのは辛いものだって、俺は自分でよくわかっていたつもりだったのにな」

悠介が自嘲《じちょう》に顔を歪める。

「好きな相手は、いなかったのか」

「……！」

単刀直入に訊ねられ、心臓がドクンと跳ねた。

――もしかして、気づかれた……？

傘を提げた手がかすかにふるえる。

――そんなまさか……。でも、そうだったらどうしよう……。

暗闇を見つめたまま、否定しなければと、それだけを思った。

ほんとうは嘘なんてつきたくなかった。同性しか好きになれないと打ち明けてもなお、受け入れてくれた悠介にだけは。

——でも、これだけは言えない。

ずっとあなたが好きだったと言えば、一方的にほたるを許嫁に指名したという悠介の後ろめたさは薄らぐかもしれない。けれどその代わり、もっと重たい荷物を背負わせることになる。そんなことはできなかった。

「い、いませんでした」

無理やり絞り出したからだろうか、声が喉に引っかかる。

「なら、今は？」

「………いいえ」

首をふると、悠介は少しがっかりしたような、けれどほっとしたような、複雑な表情になった。

「無理もないか。家の中に閉じこめているようなものだもんな」

「閉じこめるだなんて……」

自分は望んでそうされている。

「ぼくは、叶のお家にいられてうれしいです」

「ほたる？」

思いきって言葉にすると、悠介は弾かれたように足を止めた。いつになく強い眼差しを向けられて鼓動《こどう》が逸る。

「どういう意味か、訊いてもいいか」

「それは……いろいろなことを教えてもらえますし、実家よりのびのびしていられます。なにより、憧れのお兄さんだった悠介さんとたくさんお話ができますから」

決して嘘ではない。言葉が足りないだけで。

「お兄さん、か……」

悠介が表情を歪ませる。唇を引き結び、一点を見つめる横顔を見上げているうちに、失礼なことを言ってしまったのだと気がついた。

「す、すみません。馴れ馴れしかったですよね」

「いや。そうじゃない。……そうじゃないんだが……」

うまく言葉にできないのだと鳶色の目は語っている。

悠介さんが迷うことがあるなんて。

いつもと様子が違うのが気になって、じっと顔を覗きこんだ時だ。

「ほたる、危ない」

「わっ」

スピードを出した車がふたりのすぐ横を走り抜けていく。

「大丈夫だったか」

「は、はい。ありがとうございます」

肩を引き寄せられ、派手に上がる水飛沫《みずしぶき》だけはなんとか回避したものの、突然のことに驚いて大きな声を出してしまった。

そのせいだろうか、ほたるに怪我《けが》はなかったか、服は汚れなかったかと悠介はていねいに確かめてくれる。もう大丈夫だと言っても彼は腕を解こうとはせず、それどころかほたるを胸に引き寄せた。

恐がっていると思われたのかもしれない。頬に触れる夏物のスーツの感触がやけにリアルで、妙にドキドキしてしまう。

――いけない。こんなにくっついてちゃ……。

触れ合ったところから心臓の音が伝わってしまう。慌てて離れようと身動《みじろ》いだものの、なぜか腕の力はゆるまなかった。

――え……？

不思議に思って顔を上げると、こちらをじっと見下ろしていた悠介と至近距離で目が合う。熱のこもった眼差しに射竦められたように動けなくなった。

「あ、の」

胸の奥に隠したものまで見透かされてしまいそうで、ほたるはそっと視線を逃がす。

「細い身体だな。力を入れたら折れてしまいそうだ」

そっと背中を撫でられた瞬間、自分からも腕を回したい衝動がこみ上げ、ほたるは慌てて悠介の胸に手を突いて距離を取った。

「だ、大丈夫ですよ。そんなにヤワじゃありません。それとも、お兄さんはいつでも弟が心配なものなんですか？」

わざと冗談めかして訊いてみる。

けれど、返ってきたのは思いがけない言葉だった。

「……弟のはずだったのにな。だが、もうそうは思えない」

「え？」

――それは、どういう……？

「すまない。おかしなことを言った。忘れてくれ」

けれどほたるが問うより早く、悠介が話を打ちきってしまう。

それきり前を向いた彼になにも言えないまま、ほたるはただ雨の音だけを聞いていた。

＊

「よかったら今夜、出かけないか」

まだ早朝と呼べる時間。

いつものように悠介の部屋にお茶を運んだほたるは、思いがけない誘いにその場で動きを止めた。

「あぁ、悪い。話が唐突《とうとつ》だったな」

驚いた時の癖で、ぱちぱちと瞬きをくり返すほたるに悠介が苦笑する。「これなんだが」と言って彼が取り出したのは水族館のチケットだった。

お馴染みのイルカやアザラシの写真が印刷された券が二枚。なんでも昨日、取引先の営業マンからもらったのだそうだ。

「リニューアルオープンの記念チケットだそうで、期限が迫ってるんだ。おまえさえよければ今日の夜にでも行ってみないか」

「水族館、ですか」

小学校の遠足で一度訪れたことがあるだけだ。家族みんなでどこかに出かけるなんてなかったし、友達同士で遊びに行くにはお小遣いが足りなかったから。

それに、夜の水族館なんて想像がつかない。昼間と違ってやはり会社帰りの人が多いんだろうか。それなら彼も、仕事仲間と寄ってくる方がなにかと都合がいいのでは……。

「あまり気乗りしないか？」

逡巡していると、悠介が顔を覗きこんできた。

「いえ、そんなことはありません。ただ、ぼくでいいのかなって……」

「おまえと行きたくて誘ってる。もちろん無理にとは言わないが、ちょっとした息抜きにはなるぞ」

「悠介さん」

この間も、そんなふうに言ってたっけ。

──気にかけてくれてたんだ……。

だからチケットをもらって、真っ先に自分を誘ってくれたんだろう。

「ありがとうございます。じゃあ、よろこんで」

こくんと頷くほたるに、悠介もほっとしたように笑みを浮かべる。

「それじゃ、今日は定時で上がって連絡する。外で待ち合わせをしよう。ひとりで来られるか？」

「はい。大丈夫です」

「食事は水族館の後の方がいいだろうな。食べたいものとか、行ってみたい店はあるか？」

「連れていっていただけるならどこへでも。悠介さんにお任せします」

「そいつは責任重大だな」

大袈裟に唸《うな》ってみせる悠介に、ほたるもついつられて笑ってしまった。

いまだに信じられない。悠介さんとどこかへ出かけるなんて。それが今夜、叶うなんて。

うれしくてもっと話していたいけれど、資格を取るためにと頑張っている悠介の勉強を邪魔するわけにはいかない。机上に広げられたテキストを見ながらほたるは静かに立ち上がった。

「お勉強、頑張ってください。お食事ができたらお呼びします」

「ありがとう」

お盆を胸に抱えたまま一礼する。

部屋を出る直前、なんとなく去りがたくてそっとふり返ると、悠介もまたこちらを見ていた。同じ気持ちでいてくれたようでなんだかうれしい。

目が合うなり、彼は照れくさそうにはにかみ笑った。

「今夜、楽しみにしてる」

「ぼくもです」

ふたりだけの約束に胸が躍《おど》る。

おかげで、その日はなにをしていても気づくとそのことばかり考えてしまい、我に返ってはひとり赤面することをくり返した。

外で待ち合わせて、水族館に行って、それから一緒に食事をして、なんて……。

まるでデートだ。いくらおつき合いの経験がないほたるでも、恋人たちがそうやって楽しい時間を過ごすのだと知っている。

悠介の場合は、たまたまもらったチケットで息抜きをさせようと声をかけてくれたのだと理解している。彼はやさしい人だから自分を放っておけなかったんだろう。それを全部わかった上で、自分の中でだけ、今日を特別な夜にしようと決めた。

――弟のはずだったのにな。

あの日、悠介に言われた言葉を思い出す。自分が馴れ馴れしくしすぎたせいで面倒に思われたのではとひそかに心配していたのだ。

けれど、その後も変わった様子はなかったし、こうして誘ってくれたくらいだから気にしすぎかもしれない。楽しみにしていると言ってくれたその言葉を信じよう。そして楽しい夜にしよう。

許嫁でなくなった後も、ずっと忘れないように――。

夜までの間に準備を万端に整えて、ほたるは家を出た。

綾乃には、悠介と一緒に外食する旨《むね》を伝えてある。後片づけを彼女ひとりに任せてしまうことを詫びるほたるに、綾乃は「そんなのいいから楽しんできて！」と快く送り出してくれた。

ふたりが仲良くしているのを見るのが好きと言ってくれた言葉どおり、こうして背中を押してもらえて心強い。せめてものお返しになにかお土産を買って帰ろう。悠介さんなら、きっと素敵なものを売っているところも知っているに違いない。

それなら水族館に行って、食事をして、それから一緒にウィンドウショッピングを……。

頭の中で計画がどんどん膨らんでいく。そんな時間さえ楽しくて、悠介を待つのもちっとも苦にならなかった。

「すまない。遅れた」

待ち合わせにと指定された水族館の最寄《もよ》り駅。

大きな声とともに息を弾ませた悠介が視界に飛びこんできて、ほたるは驚きに目を丸くした。

「ど、どうしたんですか」

「一本乗り過ごした。おまえが待ってると思って、ホームから走ってきた」

「そんな、ゆっくりでよかったんですよ」

「待たせたくなかったんだ」

悠介がきっぱりと言いきる。

気遣ってもらえるのはありがたいけれど、疲れているのに走らせてしまって申し訳ない。それに、待っている時間も自分にはとても楽しかった。

そう言うと、悠介は困ったように笑ってから「俺が早く会いたくて」とつけ加えた。

「え？」

「行こうか」

さりげなく肩を押して促される。人でごった返す中を縫うようにして歩きながら、胸にじわじわとあたたかいものがこみ上げてきた。

――早く会いたいって、思ってくれてたんだ……。

同じ家で暮らしていてなお、そんなふうに考えるのは自分だけだと思っていた。だから悠介も一緒だとわかってうれしい。足元がふわふわするような不思議な感覚に包まれながら、遅れないようにとほたるは意識して悠介に歩調を合わせた。

今日は、シンプルな水色のブラウスに、白いキュロットを合わせてみた。

最近ようやく着物に慣れてきたところだったので、こうして洋服を着ると身体が軽いことに驚く。あまりラフになりすぎないよう、なにより女性の格好をしている自分を見慣れている悠介に違和感を与えないように、できるだけ中性的な格好にしたつもりだ。

「よく似合ってる」

信号待ちをしながら悠介が声をかけてくれる。

「悠介さんも、とてもお似合いです」

「スーツ姿を褒めてくれるのはほたるぐらいだ」

「そうでしょうか」

「社会人になったら大抵誰でも着るものだからな」

確かにそうかもしれないけれど、でも悠介だから格好いいのだ。

なんとかそれを伝えたかったものの、あまり勢いこんで言うのもおかしいだろうかとあれこれ考えているうちに、あっという間に目的地に着いてしまった。

悠介がふたり分のチケットを見せて中に入る。

昼間は家族連れでにぎわっているであろう水族館も、夜ともなるととても静かだ。カップルの姿も多い。誰もが目の前のものに夢中で、ふたりのことなど気に留めるものもなかった。

明かりの落とされた室内に、鮮やかな水槽《すいそう》だけが浮かび上がる。

色とりどりの魚がすいすいと身を翻《ひるがえ》して泳ぐのを、透き通った海月《くらげ》たちがふわふわと気持ちよさそうに漂うのを、ほたるは時が経つのも忘れてじっと見入った。

どれくらいそうしていただろう。

ふと視線を感じて顔を上げると、水槽のガラスに映った悠介と目が合った。

「なにを見てた？」

「あ、えっと、その……魚を」

ついドキッとしてしまい、とっさに答えてから「魚って……」と自分の答えに自分でしょげる。

だが悠介はそれを指摘することなく、後ろからほたるの両肩に手を置いた。

「きれいだな」

耳元で囁《ささや》かれた低い声に心臓がドクンと跳ねる。

「ゆ、悠介さんは、こういうところによく来られるんですか」

「いや、俺も久しぶりだ」

「普段はどんなところに？」

悠介は答えない。代わりにくすりと笑うばかりだ。

「これからいろんなところに行こう。ふたりで」

――いいのかな、そんなこと言って……。

おずおずと後ろをふり返ると、思っていた以上に悠介の顔が近くにあって二度驚いた。

「……っ」

下手したら唇が触れてしまいそうだ。変に意識したら失礼だと思いながらも、なんでもないふうを装うこともできず、ほたるはギクシャクと水槽に向き直った。

けれどもう熱帯魚なんて目に入らない。ガラスに映った悠介にただただ目を奪われるばかりだ。

鳶色の目がやわらかに細められ、やさしく自分を見つめるのを息を詰めて見返しながら、ほたるは甘い疼《うず》きが身体中に波紋のように広がっていくのを感じていた。

ふたりだけの時間、ふたりだけの世界。

心地よさにとろとろに蕩かされてしまう。このまま時が止まってくれたら――。

「あれ？　叶くん」

その時不意に、聞き覚えのない女性の声が割りこんできた。

年齢は悠介と同じくらいだろうか。セミロングの髪をきれいに巻いて後ろでひとつに結んでいる。着ているものもシンプルながら品がよく、すらりとスタイルのいい彼女に似合っており、スマートな女性といった印象だった。

悠介は女性の登場に驚いた様子だったが、すぐに「佐々木《ささき》」と名前を呼んだ。

「来てたのか」

「私も営業の松井《まつい》さんからチケットもらったから」

「そうか。期間中に配れてよかったってほっとしてた」

ふたりは親しげに言葉を交わしている。少ししてほたるにも気づいたのか、女性は「こんばんは」と会釈《えしゃく》してくれた。

慌ててそれに頭を下げながら、ほたるはあらためてふたりを見やる。

悠介たちは仕事のこと、共通の知人だろう人のことなど、ふたりにしかわからない話をしている。

淀《よど》みなく続く会話を聞くともなしに聞きながら、ほたるはその女性が悠介にとって近しい相手なんだと気がついた。

――あれ……。

どうしたんだろう、なんだか変だ。

ふたりを見ているうちに胸の中にもやもやとしたものが溜まり、息が苦しくなってくる。喉の奥になにか詰まったみたいに呼吸がうまくできなくて、ほたるは服の上から胸を押さえた。

悠介が女性と話しているところなんてこれまで何度も見てきた。

家にはお茶の関係者がよく訪ねてきたし、お稽古に通ってくる女性からは兄弟ともに人気があるようで、なんのかんのと理由をつけて取り囲まれているのを目にしたのも一度や二度のことではない。

だから、見慣れているはずだった。

それなのに、どうしてこんなに胸がざわざわするんだろう。どうして目を逸《そ》らせないんだろう。

それでも、凝視《ぎょうし》しては失礼だろうとさりげなく距離を取り、少し離れたところにある水槽にじっと見入っているふりをした。

さっきまで、踊るように泳ぐ魚たちを夢中になって眺めていた。

それなのに今はただ像を網膜《もうまく》に映すばかりだ。それをきれいだとか、見事だと感じるだけの余裕がなかった。

ガラスにふたりの姿が映る。

ダークグレーのスーツに身を包んだ長身の悠介。青いニットに白いスカートを合わせた華奢な彼女。仕事帰りのデートだとここにいる誰もが思うだろう。それぐらい、ふたりはお似合いに見えた。

「……」

それ以上見ていられなくてほたるはそっと目を逸らす。そんな沈んだ気持ちは目の前の魚たちにも伝わったのか、居心地悪そうに向こうに行ってしまうのを縋《すが》る思いで眺めるしかなかった。

「邪魔をしてごめんなさいね」

再び後ろから声をかけられる。

ふり返ると、先ほどの女性が申し訳なさそうな顔で会釈をしていた。その動きに合わせて小ぶりなピアスがきらきらと揺れる。この水族館中の美しいものを集めたようなアクアマリンが彼女にはよく似合っていた。

きれいな人だと思った。敵わないな、とも。

「いえ……大丈夫、です」

どう答えたらいいかわからず、辛うじてそれだけを絞り出した。

女性は悠介をふり返り「じゃあ、またね」と軽く手をふって行ってしまう。まるで明日も会うような口ぶりに、またしても胸がざわっとなった。

――だめだ、こんなんじゃ……。

顔が強張っているのが自分でもわかる。悠介が近づいてくるのが見え、なんとかしなくてはと焦るあまり、つい思いとは裏腹な言葉が口から出た。

「ずいぶん仲がいいんですね。どんな方なんですか」

そう言ってしまってから、自分で自分の言葉に動揺する。どうしてそんな、厭味《いやみ》と受け取られてもおかしくないような言い方をしてしまったんだろう。

「あ、あの……失礼なことをすみません」

少なくともただの顔見知りには見えなかったから、そういうことだ。大人の事情に踏みこんではいけない。

悠介は、すぐには答えなかった。

適当な言葉を探しているのか、あるいは不快感が去るのを待っているのか、ふたりの間に横たわる沈黙が重たい。許されるなら数分前に戻って全部やり直したいとさえ思った。

自分が余計なことを訊かなければ。ふたりを和やかに見守っていれば。それともいっそ、彼女に会う前に水族館を出ていれば――。

「そんな顔するな」

頭を撫でられ、おずおずと顔を上げる。

悠介は「困ったやつだな」とでも言いたげにそっと鳶色の目を細めた。

「おまえがそんなことを訊くなんて」

「すみません」

「謝らなくていい。それだけ興味を持ってくれたってことだろう」

そう言ってもらえると少しは気持ちも軽くなる。ほっと息を吐いたのも束の間、続けられた言葉に
ほたるは再び息を呑んだ。

「実は昔、つき合ってたんだ」

「………え？」

「前に話したことがあるだろう。オーストラリアに行った……」

一息ごとに悠介の声がどんどん遠くなっていく。わけもわからずショックを受けてしまい、そんな
自分にまた狼狽えた。

彼女の渡豪をきっかけに、話し合いの末、前向きに別れたと聞いた人だ。

たまたま一時帰国したんだろうか。

それともずっと前に帰っていて、今は日本に住んでいるんだろうか。

あれこれ詮索《せんさく》してしまいそうになり、我に返って自己嫌悪に陥《おちい》る。たとえどんな事情があろうとも
自分に踏みこむ権利なんてないのに。

傍にいられるだけでいい。頭ではちゃんとわかっているのに、気持ちがそれに追いつかない。

まだ、想いがあるとしたら――。

「……っ」

唐突に浮かんだ考えに血の気が引くのが自分でもわかった。

冷たくなった指先をほたるはぎゅっと握り締める。昔からの癖で、不安なことがあるとどうしても指先がふるえてしまう。そんなみっともない姿など悠介には見られたくなかった。

気を張っていたせいだろうか、肩に手を置かれただけでビクッとなる。

それには悠介も驚いたのだろう。

「どうした？」

覗きこまれ、とっさに下を向いた。

自分はきっと、酷《ひど》い顔をしている。だから目に映してほしくない。それなのに正面で屈んだ悠介に下から見上げるようにされて、ほたるは思わず目を瞑《つぶ》った。

「そんなだと、俺に都合のいいように解釈するぞ」

低く、どこか熱を帯びた甘い声。

まるで好きな相手に語りかけるような声音《こわね》にますます頭が混乱した。そんなものを自分に向けるなんておかしい。ほんとうにそうしたいのはあの人になんじゃ……と喉元まで出かかり、そんな自分に気がついて後ろめたさに泣きたくなる。

「ほたる」

そんなふうにやさしく呼ばないでほしい。なにもかも放り出して誤解してしまいたくなる。

おかしなことを口走らないよう唇を噛み締めるほたるの両手を、あたたかな悠介の手が包んだ。

「俺があいつと話していて、嫌だったか」

そんなこと、言えるわけない。

「俺が昔の恋人といて、おまえはなにも思わなかったか」

そんなこと、あるわけがない。

それでも胸を叩く痛みをこらえて頷くほたるに、悠介は言葉以上に眼差しで語った――おまえの嘘はすべてわかると。

「…………っ」

ほんとうのことを言えたらどんなにいいだろう。取られたくないと思ったんだと、浅ましいことを言えたらどんなにか。

「嫌なことを訊いた。すまなかった」

両手を包んでいた手がすっと離れていく。

「あ……」

不意に、この手を離したら二度と届かなくなってしまうような気がして、ほたるはとっさに悠介の手を取った。

それに応えて悠介が手を握り返してくる。今度は離すまいとするかのように力がこめられ、真剣な目で見つめられて、熱に浮かされたまま動けなくなった。

「嫉妬《しっと》してくれたって思いたい」

悠介の声は掠れている。

「おまえも、俺と同じ気持ちでいてくれてたって思いたい」

――それ、って………。

思わず息を呑んだ。

心臓が早鐘《はやがね》を打ちはじめる。自分に都合のいい考えばかりが頭を巡り、いけないとわかっていても止められなかった。

これまで自分の中にあった気持ち。

一生自分の中だけにあると思っていた気持ち。

それを、悠介さんと共有することができるとしたら――。

じわじわと目の奥が熱くなり、悠介との間に水の膜を作る。彼の姿がぼやけてしまうのが嫌で目を細めた途端、それは涙の玉となってぽろぽろと頬を伝い落ちた。

そっと肩に手を回され、引き寄せられる。

「泣かせてすまない。……でも、うれしい」

「悠介さん」

吐き出す息さえふるえてしまう。

あたたかな胸に身体を預けようとした刹那、視界の端でなにかが光るのが見えた。

魚だ。水槽の中を軽やかに泳ぐ魚たちの鱗が照明を反射してきらきらと輝いている。それは先ほど目にしたアクアマリンのピアスを彷彿とさせ、たちまちほたるを現実へと引き戻した。

「……っ」

——そう、だった………。

再び胸がズキリと疼く。

涙を拭ってくれた悠介は、そのまま「出よう」とほたるを出口へ促した。

展示はまだ半分も見ていない。せっかく連れてきてもらったのにと思っていると、考えていることを察したのか、悠介は前を向いたまま「また来ればいい」と短く告げた。

真剣な横顔にそれ以上口を挟めないまま、施設を出てタクシーに乗りこむ。

予定の時間よりだいぶ早く帰ってきたふたりを綾乃は驚きながら迎えてくれた。

目を赤くしているほたるを見て細かいことはなにも訊かず、夕飯も喉を通らないようなら無理して食べることはないと気遣ってくれる。代わりに「気持ちが落ち着くから」と風呂を勧められ、悠介に続いてほたるも入った。

あたたかいお湯に浸《つ》かっていると少しだけほっとする。

それでも、水族館での出来事は頭からずっと離れなかった。

「悠介さんの、昔の……」

とてもきれいで、感じのいい人だった。彼が好きになるのもわかるなと思った。

交際一年で両親に紹介したと言っていた。別々の道を歩むことになったとはいえ、仲違《なかたが》いをしたわけじゃない。そんな人が目の前に現れて、悠介と楽しそうに話すのを見せられて、どうしようもなく恐くなった。焦りと不安でいてもたってもいられなくなった。

さっきの気持ちが甦ってきそうで、ぱしゃん、と湯船に顔をつける。

どうして自分はこんなにだめな人間なんだろう。分不相応なことばかり思って。

それだけじゃない。自分が泣き出したせいで水族館は途中になってしまったし、楽しみにしていた食事もできなかった。部屋に着替えを置いたらすぐに悠介に謝りに行かなければ。

重い足取りで自室に戻ると、なぜか部屋の前に悠介が立っていた。

「おまえを待ってた」

慮《おもんぱか》るような眼差しに、余計な心配までさせてしまったのだとわかる。

「今日は、ほんとうにすみませんでした。せっかく誘っていただいたのに、悠介さんも楽しみにしていたのに、ぼくのせいで……」

「ほたる」

まるで最後まで言わせないとでもいうように強い力で引き寄せられる。自分と同じ石鹼《せっけん》の匂いに包まれてはじめて、抱き締められているのだとわかった。

女物の寝間着越しに悠介の逞しい身体を感じ、こんな時だというのに鼓動が逸る。

――どうして……。

身動ぎもできないまま立ち尽くすばかりのほたるを、悠介はさらに力をこめて抱き締めた。

「一度だけ訊くから、少しでも嫌だと思ったら遠慮しないでそう言ってくれ」

悠介の声が熱を帯びる。

「俺はおまえのことを知りたい。おまえのすべてだ。……部屋に、入ってもいいか」

「――」

息が、止まった。

いくら色恋事に疎《うと》い自分でも、彼が言わんとしていることぐらいわかる。身体を重ねたいと言っているのだ。にわかにはとても信じられなかった。

どうして急にそんなことを言うんだろう。

――もしかして、悠介さんはぼくのことを……？

そう思ったのは一瞬のことで、すぐにそんなわけなどないと考え直した。思い上がってはいけない。現実を見なくてはいけない。こんな自分に、好きになってもらえるところなんてないのだから。

それなのに、悠介は一夜をともにしたいと言う。

許嫁とはそういうものなのだろうか。それとも、自分が余計なことを考えないように気遣って？

あるいは、彼女への想いの名残をごまかすために……？

「……っ」

胸がズキッと痛くなった。

大きく息を吸いこんで動揺しかけた心を宥《なだ》める。たとえどんな理由があろうとも、今夜だけは彼を独占できることに変わりはない。自分を選んでくれたことをうれしいと思わなければ。

ためらうことなどないはずなのに、それでも恐い。

悠介が異性愛者だからだ。

男性の身体なんて見たら我に返ってしまうかもしれない。勘違いだったと思われるかもしれない。それどころか、同性を抱きたいと思ったこと自体を後悔するようなことにでもなったら……。

彼のことを思うなら考え直すように言うべきだ。目を覚まさせてやるべきだ。

それなのに、もうひとりの自分が耳元で囁く。こんなチャンスは二度とないと。

胸を突き上げる衝動に眩暈《めまい》がする。自分の中にこんなにも強く狂おしい気持ちが眠っていたなんて知らなかった。傍にいられるだけでいいと思っていたはずなのに、いつの間にかこんなにも欲張りになってしまった。

それでも。

ごくりと喉が鳴る。

――――一度でいい…………。

「部屋に、どうぞ」

ふるえる声で答えると、悠介がわずかに息を呑んだ。

「意味をわかって言ってるんだな」

頷いたまま、どんな顔をすればいいかわからずに下を向く。

「応えてくれるなら俺の目を見てくれ」

そう言われておずおずと視線を上げると、悠介はこれまで見たこともないような表情をしていた。

眼差しは熱を帯び、今にも自分を喰《く》らってしまいそうだ。

——こんな目をするんだ……。

彼が自分をほしいと思ってくれている。そう思うだけで気持ちが昂り、頭の芯がジンと痺《しび》れた。

なにも言えないまま鳶色の瞳をじっと見上げる。

悠介が真意を測るように目を眇め、やがて熱い吐息を吐くのを焦がれる思いで待ち続けた。

「ありがとう」

肩を引き寄せられ、立ったまま襖が開けられる。

室内は暗く、敷いておいた布団が障子越しの月明かりにぼんやりと白く浮かび上がっていた。

張り詰めるような緊張感がシンとした部屋を埋めていく。わずかな息遣いや衣擦れの音に混じって胸の鼓動まで聞こえてしまいそうだ。それが恥ずかしくてたまらないのに、これからのことを考えるだけでますます心臓は早鐘を打った。

「おいで」

布団に腰を下ろした悠介が腕を伸ばしてくる。

ずっと摑みたかった手がそこにある。それを取ったらすべてが変わってしまうと知っている。怖じ気づきそうになるのをこらえ、はたるからも手を伸ばす。

指先が触れ合った瞬間、もう戻れないのだと本能でわかった。

「あっ」

グイと強い力に引き寄せられ、倒れこむようにして腕に抱かれる。弾みでワンピース型の寝間着が膝まで捲《まく》れ、白いふくらはぎが闇に浮かんだ。

「ほたる」

「……っ」

耳元で低く名を呼ばれる。耳殻《じかく》をふるわせるような掠れ声にぞくぞくとしたものが背筋を這った。

薄い寝間着一枚で抱き締められているだけでも緊張してどうにかなってしまいそうなのに、そんなふうに囁かれたら頭が真っ白になってしまう。

ふるえる肩に寝間着越しになにかが触れる。それが悠介の唇だったと気づいた時には背中を抱えるようにして体重をかけられ、仰向けに布団の上に押し倒されていた。

「あ……」

ひんやりとしたシーツに縫い止められる。冷たさを感じたのは一瞬のことで、すぐに覆い被さってきた悠介に目が釘づけになった。

熱に潤《うる》んだ鳶色の瞳からは雄の色香が滴《したた》ってくる。瞬きをするごとに情欲に当てられていくようで、鼓動は一段と高まっていった。

――今から、悠介さんのものになる……。

心の中で呟いただけで全身がかあっと熱くなる。唇が触れてしまいそうなほど近くに顔を寄せられ、息をすることさえままならなくなった。

「ほたる」

あたたかな吐息が唇を撫でる。それにどうしようもないほど煽られる。

「おまえがほしい。俺にくれるか」

悠介の唇の動きに合わせて空気が揺れるのさえ伝わってきて、ほたるはたまらずに目を閉じた。

心臓はドクドクと早鐘を打ち、今にも壊れてしまいそうだ。あともう少し、ほんの少しで触れるというところでそれでも自分の言葉を待つ悠介に、いっそ奪ってくれたらと思ったほどだ。

けれど、彼がどんな思いでそうしているかもわかるから。

ほたるは緊張でふるえる手を伸ばし、そっと悠介の頬に触れた。

「悠介さんのものに、して、ください」

はじめて会った時からこの心は悠介のものだ。だから身体も彼のものにしてほしい。ありったけを差し出したい。

「ほたる……」

感嘆のため息とともに静かに唇が重なってくる。しっとりと押し当てられるはじめての唇の感触に、胸の奥がぎゅうっとなった。

――悠介さんが……。

自分に触れてくれている。自分にくちづけてくれている。

ずっとずっと憧れていた人。傍にいられるだけでいいと思っていた悠介と、成就など望むことすらしなかった恋の相手と、くちづけを交わせる日がくるなんて思わなかった。

たとえ心は重ならなくとも、一度だけのことだとしても、その逞しい腕に抱いてもらえるならそれでよかった。しあわせすぎてどうにかなってしまいそうだった。

もう、死んでもいい――……。

頬に一筋の涙が伝う。

触れた時と同じようにそっと唇が離された後で、悠介からためらいがちに声をかけられた。

「嫌なら、無理をしなくていい」

心配そうに見下ろす彼に、ゆっくりと首をふる。

「違います」

「だが」

なおも言い募る悠介に、ほたるはもう一度、今度ははっきりと首をふった。

どうかためらわないでほしい。うれしくて泣いているだけだから。

言葉にできない想いをこめてその左手に頬摺りする。甘えるような仕草にほっとしたのか、悠介は触れるだけのキスで応えてくれた。

「いいんだな」

「はい」

あなたのものになれるなら、それだけで。

再開されたキスが角度を変え、深さを変えて少しずつ官能的になってゆく。そしてそれを煽るかのように悠介の手が少しずつほたるの身体を暴いていった。

はじめての他人の手の感触に、ほたるはただ戸惑うばかりだ。自分で触れるのとはなにもかも違う。頬を撫でられるだけで、首筋を辿られるだけで、こんなにもドキドキと胸が高鳴り、ぞくぞくとしたものが背筋を這うとは思わなかった。

――――悠介さん、だから……。

彼に触れられているからきっとこうなる。だからこんなにも昂ってしまう。それが恥ずかしくてしかたないのに、どうやったら平気でいられるのかもわからない。

そうこうしている間にも、ゆっくりと、だが確実にほたるは追い上げられていった。

鎖骨から肩を通り、二の腕へと這《は》わされる淀みのない手の動きに身体が熱を帯びはじめる。何度も声が洩れそうになっては、そのたびに唇を噛んで必死にこらえた。

「だめだ。傷になる」

開けてごらんと促され、おずおずと口を開いたところに悪戯な指を入れられる。キスで痺れた舌を撫でられ、敏感な口蓋を擦られて、はじめての感覚にほたるは惑乱するしかなかった。

「んっ……」

ぬるりと下唇を撫でて出ていった指の代わりに再び唇を押し当てられる。ちゅっと音を立てて舌を擦られ、羞恥に身を竦めたところを吸い上げられて、そのままぐずぐずに溶けてしまうかと思った。

強引なのにやさしいキス。

息もできないくらいうれしい。

「んっ、……ぅ、ん……」

くちづけが大胆になるに従い、鼻腔からは甘えたような声が洩れる。どんなにこらえようとしても自分の意志とは無関係に洩れる嬌声にほたるは戸惑い、息を詰めた。

「我慢するな」

「で、でも」

「俺しか聞いていない。聞かせてくれ」

悠介は低く含み笑いながら首筋に唇を寄せてくる。

「んんっ」

ツキンとした痛みに身を竦めたのも束の間、大きな手が寝間着の前ボタンに伸びてきたのを察してほたるは慌ててその手を止めた。

「あの、これは……」

怪訝そうに見下ろす悠介に、どう説明すればとうまく働かない頭で考える。

——だって、男の身体だから。

悠介さんに興醒めしてほしくない。現実に戻したくない。すべてが曖昧なまま、いい思い出として記憶の中に残りたかった。

必死に胸元を押さえるほたるの顔をじっと覗きこんでいた悠介は、ややあって「恥ずかしい？」と苦笑する。

「少しだけなら大丈夫か？」

こくんと頷いてみせると、了解の合図のように頬に小さなキスが降った。

三つ目のボタンまで外され、露わになった鎖骨にそっとくちづけられる。二度、三度と唇で触れられたかと思うと舌を這わされ、舐め辿られて、ゆっくりと官能の熾火を埋められていった。

「……っ、ぁ……、……」

はじめての感覚に眩暈がする。ひと触れごとに感覚は研ぎ澄まされていき、その熱い吐息が皮膚《ひふ》の上を滑るだけでもたまらなかった。

そんなほたるを煽るように悠介の手が腰から下へと滑っていく。膝から太股《ふともも》へと寝間着をたくし上げるように撫でられて、思わず声が出そうになった。

ただでさえキスで煽《あお》られた熱が中心に集まりはじめているのに。その近くに触れられて平気でいる

ことなんて自分にはできない。

覚えのある波を必死にやり過ごしていると、それに気づいた悠介にまたも苦笑されてしまった。

「参ったな。そんな顔をして」

「……え……？」

どういう意味だろう。

考えなければと思うのに、緊張と羞恥と快感の前に既に頭はいっぱいだ。頬を上気させ、眉を寄せ、唇を嚙んで声をこらえる姿が悠介の目にどう映るかなんて今のほたるにはわからない。

「いいんだ。今は俺に任せてくれ」

「あっ…、悠介、さん……」

再び腕の中に包まれ、キスの雨を受け止める。ぴったりと重なった胸から悠介の鼓動が伝わってくるうちに、自分とひとつになるような気がした。

――夢みたい……。

逞しい腕に縋れば、同じだけの強さで抱き返される。一分の隙もないほどひとつになる。

――好きです。悠介さん、好きなんです………。

心の中で語りながら、思うさま悠介の匂いを吸いこんだ。

このしあわせを忘れないようにしよう。

これを一生の思い出にしよう。

くちづけに応えながら、再び下肢《かし》を辿りはじめた手に身をくねらせる。

太股までずり上がっていた寝間着の裾を大胆に捲り上げられ、下着に手をかけられて、思わず身体がビクッとなった。

「腰を上げて」

「あ、あの、ぼくが……」

脱がされそうな気配を察したほたるは自ら下着を取り、さっと枕の下に隠す。

下着は慣れたものがいいからと、今でも男物を穿《は》いていたのだ。女性の服を着ているくせに男性の下着を着けているなんてちぐはぐでおかしいと自分でもわかっていたけれど、誰に見られるものでもないからと油断していた。

悠介は、下着を見られるのが恥ずかしかったのだと勘違いしたようで苦笑している。

それにほっとしたのも束の間、際どいところに触れられて再び身体がビクンと跳ねた。

これ以上捲れてしまわないように裾を押さえ、兆《きざ》しつつある自身も隠す。ぴったりと両足の膝頭を合わせ、一生懸命寝間着を押さえるほたるを見て、悠介はやれやれとため息をついた。

「まったくおまえは……」

眉間に皺を寄せる彼を見て、失礼なことをしてしまったのかと一瞬不安になる。

けれど悠介は、なぜか照れくさそうに笑うだけだった。

「全部脱がせるより目のやり場に困る」

「……！」

「恥ずかしいならそのままでいいから、少し足を開いてくれるか。慣らしたい」

「慣らす……？」

悠介が持参した潤滑クリームを見せてくれる。

それでもよくわからなくてぼんやりしていると、悠介は容器から軟膏《なんこう》を掬い取り、もう片方の手でほたるの膝を左右に割った。

「あっ……」

足の間を隠したまま、そのさらに奥、自身でさえ触れたことのない場所に悠介の指が宛がわれる。冷たいと感じたのはクリームだろうか。それをマッサージするように塗りこめられるたび、びくん、びくんと後孔《こうこう》が小刻みに収縮をくり返した。

「あ、……ん……」

慣れない感覚にどうしていいのかわからない。ぬるぬると滑る指は、これが悠介のものでなければすぐにでもどこかへやってほしいと思うくらいだ。それでも彼を受け入れるための準備だと思って、ほたるは唇を噛んでじっとこらえた。

潤滑剤が人肌に馴染む頃合いを見計らって、ゆっくりと指が潜りこんでくる。わずかな抵抗を押しやってぬるりと挿《はい》ってきたそれは、何度かの抜き挿しの後でじわじわと内壁を広げはじめた。

「ん……」

身体の中に異物があるのはとても不思議な感覚だった。それが意志を持っているかのように自在に動き回っていることも。

「……あっ」

とある箇所を押し上げられて、意志とは無関係に声が洩れた。

「あ、や…、なに……あんっ、ん……っ」

自分の身体になにが起きているのかわからず恐い。何度も擦るようにされるうちに射精感が高まり、じっとしていられなくなった。

「やだ、だめ、取ってくださ……ゆ、指、だめ……」

「これからもっと大変なことになるんだぞ」

「だめ、だめ……」

いやいやと首をふることしかできない。

そんなほたるに、悠介はくすりと笑って一度は指を抜いてくれた。

けれどすぐ、二本に増やされ挿入される。隘路《あいろ》をじりじりと広げられ、緊張に強張りそうな内壁をあやすようにされて、どんどん慣らされていくのが恐い。三本目の指を呑みこむ頃にはすっかり息も上がり、うまく話せないほどになっていた。

今やほたる自身は天を向き、いつ弾けてもおかしくない。それを寝間着で隠し続けていられるのも時間の問題に思われた。

ようやく指が抜かれ、くったりとした身体を引き起こされる。

「大丈夫か」

「は……は、い……」

荒い呼吸の合間に頷くと、悠介はご褒美《ほうび》というように触れるだけのキスをくれた。

「後ろからにしよう。それが一番負担が少ない」

両手足を突くように言われ、下肢を悠介の方に引き寄せられる。彼の前でそんな格好をするなんて恥ずかしくてたまらなかったけれど、秘所に屹立《きつりつ》を押し当てられるなり息を呑んだ。

——ほんとう、なんだ……。

こんな自分に欲情してくれている。その証を直《じか》に感じ、昂りまでが伝染した。早く受け入れたい。彼の気が変わらないうちに。

「悠介、さん」

肩越しにふり返ると、悠介ももう待てないというように喉を鳴らした。

「力を抜いていてくれ」

言われたとおり、息を吐くのを見計らってゆっくりと悠介が挿ってくる。

「あっ……、——……」

それは指とは比較にもならない衝撃だった。

どっと汗が噴き出してくる。痛みのあまり息を止めてしまいそうになり、悠介に言われたことを思い出して懸命に呼吸をくり返した。

自分が力めばきっとそれだけ難しくなるだろう。途中でやめてほしくない。最後までちゃんとしてほしい。

――これっきり、だから……。

こぶしを握り、奥歯を食い縛って痛みに耐える。

「ほたる」

荒い呼吸の中、慮るように名を呼ばれた。

「やっぱりやめようか。無理はさせたくない」

「だ、だめっ」

必死に頭をふる。

だってこれじゃいい思い出にはしてもらえない。苦い記憶にだけはしたくない。

「大丈夫、ですから」

「だが」

「慣れていなくて、すみません。でも…、ぼくなら大丈夫です」

お願いだからためらわないでほしい。自分に遠慮なんてしないでほしい。

必死に訴えると、悠介は小さく嘆息した。

「慣れてなんていなくていいんだ。そっちの方が驚く」

「え？」

「すまない。これは俺の我儘だな」

首筋に落とされたキスに思わず仰《の》け反る。それによって入口の敏感なところを自ら擦ってしまい、さっきまでと違う感覚にぞくぞくとなった。

「あっ……」

確かに痛みはまだあるのに、それだけではないなにかがじわりじわりと広がっていく。

声に混じりはじめた熱に応えるようにして、悠介がゆっくりと腰を揺すりはじめた。

「あ、あ……ん、っ……」

抽挿に合わせて己の中が収縮しはじめているのが自分でもわかる。グイと腰を突き出され、ついに張り出した先端を呑みこんだ。

「……くっ」

頭上から悠介の押し殺したような吐息が降ってくる。自分の身体で彼が気持ちよくなってくれているんだと思うと、うれしくて痛みなんてどこかに行ってしまった。

それでも悠介は慎重に、焦れったくなるほどの時間をかけてほたるの身体を開いていく。

すべてが収まった時には互いに汗もびっしょりで、荒く息が上がっていた。

足のつけ根がぴったりと合わさる。隙間《すきま》なんてないほど深く繋がり合っていることが肌からも、そして自分の中でドクドクと脈打つ熱塊《ねっかい》からも強く感じた。

ひとつになれた。

これでほんとうにひとつになれた。

――うれしい………。

胸の奥からぐうっと熱いものがこみ上げてくる。

やさしくいたわられ、覆い被さるように抱き締められて、堰を切ったように涙があふれた。

「大丈夫か。苦しい思いをさせたな」

「いいえ」

苦しいことなんてなにもない。

「どんなものでも、悠介さんからもらえるのなら」

それだけでこんなにもうれしいのだから。

切れ切れに伝えると、抱き締める腕に力がこもった。

「どうしてそんなにいじらしいんだ。好きにならない方がどうかしてる」

悠介は噛み締めるように想いを吐露する。

「おまえが好きだ」

その瞬間、息が止まった。

――悠介さんが、ぼくを………。

信じられない思いに目を見開く。

けれど甘い感傷に浸る間もなく、続く言葉にほたるは再び言葉を呑んだ。

「おまえも、同じ気持ちだって思ってもいいか」

「…………」

頭がすうっと冴《さ》えていく。

それと同時に現実が怒濤《どとう》のように押し寄せてきた。

――どうしよう……。

身体が強張り、悠介自身を食《は》み締めたことで、それを誤解した彼が小さく笑う。

「言葉にするにはまだ早いか。順番が逆になってごめんな」

やさしく髪を梳《す》かれ、その上にキスが落とされる。そうやって触れてもらえばもらうほど、悠介を欺《あざむ》いているようで苦しくなった。

おまえが好きだ――。

同性愛者ではない彼が、性別の壁を越えて自分を好きだと言ってくれた。信じられないほどうれしかった。すぐにでも同じ気持ちだと打ち明けたい。ずっとずっと好きだったんです、悠介さんだけを見てきたんですと。

けれど、それはできないことだ。それだけはできないことだ。

一度でもその手を取ってしまったら、離すことなんてきっとできない。それでも来年の夏が来たらなにもかもなかったことにして出ていかなければならないのだ。はじめからそういう約束だった。

悔しさと疚《やま》しさに力いっぱい唇を噛む。悠介に返せる言葉がなにもないまま、ほたるは小さく身をふるわせた。

大好きな人とひとつになれてうれしいのに涙ばかり出てしまう。

せめて泣き顔だけは見せまいと枕に顔を押し当てる。ゆっくりとはじまった抽挿に煽られるまま、身体はいともたやすく情欲に溺《おぼ》れた。

目を閉じて、バラバラになりそうな心を必死に繋ぎ留める。

今だけは。今だけはこのしあわせに浸《ひた》っていたくて。

*

悠介と身体を重ねてからというもの、ぼんやりすることが多くなった。

どこにいても、なにをしていても、気づくと彼のことばかり考えている。それは密かに想っていた頃の甘くおだやかな心地とはほど遠く、思い返すたび心に苦いものを広げていくのだった。

――おまえが好きだ。

そう、言ってくれたのに。

自分はなにも応えないまま、ただただ束の間のやさしさに甘えた。恋心を受け入れず、かと言ってきっぱりと拒むこともせず、なし崩しのようにしてしまったことに後悔がないと言ったら嘘になる。それでも、応えることだけはできなかった。

ずっと一緒にいられる人じゃない。彼には本家の次男という立場がある。そんな人と、しきたりを全うするためだけに呼ばれた男の自分が結ばれるなんてあるわけがない。

そう。わかっていた。はじめから全部わかっていたんだ。

「……」

重たいものを飲みこんだように喉の奥がぐっと詰まる。気持ちを切り替えるために深呼吸をして、ほたるはまっすぐに前を向いた。

いい思い出にすると決めた。この一年間を宝物にすると決めてここに来た。誰かをこんなに好きになることなんてきっともうない。その相手が彼でよかった。一生に一度の人が悠介でよかった。

「…………っ」

こみ上げてくる涙に洟《はな》を啜《すす》る。

――頑張れ……。

自分で自分を励ましながら手のひらでそっと胸を押さえた。

辛くても、少しずつ気持ちを整理していこう。終わりの日のために準備をしよう。その時になって怖《お》じ気づいたり、我儘を言って困らせないように。

目を閉じ、自分自身に向き合っていたほたるは、しばらくしてもう一度大きく息を吸いこむ。

ゆっくりと吐き出しながら瞼を開けると、宗介が庭にやって来るのが見えた。

「こう暑いのに掃除とは、あいかわらず熱心だな」

ほたるが持っていた箒《ほうき》を一瞥《いちべつ》するなり、宗介が眼鏡の奥の目を細める。

「宗介さんこそ、どうしてここに……」

「午後の稽古に花を飾ろうと思ってね」

そう言って剪定《せんてい》鋏《ばさみ》を取り出してみせた宗介は、なにか思うところがあるのか、じっとほたるの顔を見てからため息をついた。

「綾乃が言っていたのはほんとうだったな」

「……え？」

「彼女が心配していた。きみたちふたりは仲がよかったはずなのに、と」

悠介と一緒に水族館に行くのだとうれしそうに出かけていったほたるが、数時間も経たないうちに目を真っ赤にして帰ってきた。それ以来、どこか思い詰めたような顔をしていると、綾乃は大である宗介に相談していたのだそうだ。

「すみません、余計な心配をおかけして……。でも、大丈夫ですから」

今はまだ余裕がないけれど、時間とともに気持ちに折り合いもつくだろう。だから気を遣ってもらうことはない。宗介や綾乃にはいつもどおり過ごしてほしい。

そんな思いをこめて笑ってみせる。

けれど、返されたのは嘆息だった。

「話したくなければ無理には訊かない。綾乃の方が相談しやすければそうしてくれて構わない」

「そんな……。それに、困っていることなんてありません。とてもよくしていただいています」

「そう言ってくれるのはうれしいが、正直、寂しい気もするよ」

「え？」

「その歳で遠慮しすぎなんじゃないかと思ってね」

いつだったか、悠介にもそう言われたことがある。

思っていることが顔に出ていたのだろう、宗介はこちらを見てわずかに眉を寄せた。

「うまくやっているかと訊いても答えに困らせるだろうな。いくらしきたりとは言え、許嫁だなんてほたるくんも戸惑うばかりだろう。悠介が無理を言ってすまなかった」

「いいえ」

首をふり、それからもう一度、今度ははっきり「いいえ」と答える。

「悠介さんと一緒にいられてうれしいです」

ぽろり……、なんの衒《てら》いもなく本音がこぼれた。

この気持ちを誰かに打ち明けたのははじめてだった。もう自分ひとりでは抱えきれなくなっていたのかもしれない。誰かに聞いてほしかったのかもしれない。自分たちの事情を深く知らない人に。

宗介は少し戸惑ったような、それでもうれしそうな顔で「そうか」と答えた。それからもう一度、噛み締めるように息を吐く。そんな仕草がどこか悠介を思い出させた。

「誕生日は、夏だったか」

「八月です」

「あと十ヶ月だな」

「はい」

淡々と答えるほたるに、宗介がわずかに眉根を寄せる。

「このままでいいのか」

「え？」

「悠介のことが好きなんだろう？」

「……っ」

息を呑んだ。

——まさか、気づかれていたなんて……。

ごまかさなければと思うのに、驚きのあまり声が出ない。沈黙が長く続けば続くほど宗介の言葉を肯定してしまうとわかっていても、それでもなんと言えばいいかわからなかった。

「……も、申し訳、ありません」

辛うじて謝罪の言葉を絞り出す。

俯くばかりのほたるの肩を、悠介とよく似た手がやさしく叩いた。

「謝らなくていい。悪いことをしているわけではないんだ」

「でも」

「見ていて、なんとなく気づいたんだよ。きみが悠介をとても大切そうな目で見ていたから」

その言葉にはっとなる。

――それじゃ、もしかして悠介さんも……？

「確信はしていないだろう。俺からも話さないつもりだ。当事者同士のことだからね」

先回りして答えてくれた宗介に、ほたるは再び頭を下げた。

「どうか秘密にしていてください。悠介さんを困らせたくないんです」

「……ほたるくんはそれでいいのか」

なにも迷うことはない。自分が選ぶ道はそれしかない。

ほたるが頷くと、宗介は少し間を置いてから「わかった」と請《う》け合ってくれた。

巻きこむようなことになって宗介には申し訳なかったけれど、どうしても悠介に知られるわけにはいかない。これからも気をつけていなければと思っていると、正面の門から件《くだん》の人物が入ってくるのが見えた。

「悠介さん。どうされたんですか」

まだお昼を少し過ぎたところだ。帰宅にはいくらなんでも早すぎる。具合でも悪くしたかと慌てるほたるに、悠介は「午後は有休消化に当てたんだ」と肩を竦めて笑ってみせた。

「それより、ふたりでなにを話してたんだ？　一緒にいるなんて珍しいじゃないか」

単刀直入に訊かれてギクリとなる。

ただの世間話をしていたと言うのも白々しい気がして、ほたるは懸命に言い訳を探した。

「そ、その……」

こういう時、うまく切り返せない自分がもどかしい。焦れば焦るほど言わなくていいことを言ってしまいそうになる。

「ほたる？」

さすがに悠介もなにかおかしいと思ったのか、身を屈め顔を覗きこんできた。

その眼差しから逃げるようにほたるはそっと目を伏せる。

「あと十ヶ月だという話をしていたんだ」

助け船を出してくれたのは横にいた宗介だった。

「ほたるくんが二十歳になるまで、いろいろあるだろうが仲良くやろうと話していたんだ。その時がくれば、お互いまたもとの生活に戻るのだから」

その途端、悠介の纏《まと》う空気が変わる。

凄《すご》みを増した弟にも怯むことなく、宗介は淡々と続けた。

「しきたりを全うするまでの間柄だ。年の離れた兄弟と思って接するのが一番だろう」

「………」

悠介はなにかをこらえるようにしばらく黙っていたが、やがて意を決したように口を開いた。

「俺は、ほたるを弟だとは思っていません」

思わず顔を上げる。

悠介はその熱っぽい眼差しで言葉よりも雄弁に語ろうとしていた。

「ふたりで話をさせてください。……ほたる」

悠介に呼ばれ、とっさに宗介を見る。「行きなさい」と頷いてくれるのに一礼し、箒を家に立てかけると、ほたるは悠介のもとへ駆け寄った。

無言で促されるまま、内露地の方へと足を向ける。歓迎の茶会を開いてもらった時もふたりで同じ道を歩いたのに、あの時とはまるで心持ちが違っていた。

「座ろう」

茅葺き屋根の待合に悠介と並んで腰を下ろす。そこから見る秋の景色は美しく、これまでなら楽しく話もしただろうけれど、今のふたりの間には言い表すことのできない空気が漂っていた。

どれくらいの沈黙が流れたのか。

まっすぐ前を向いたまま、悠介が静かに口を開いた。

「おまえはひとりじゃないと言ったのを覚えてるか」

同性愛者であることを打ち明けた時のことだ。

「あの時、いくらでも俺を頼れと言った。その気持ちは今も変わっていない」

ずっと胸に押しこめてきた心細さと後ろめたさ。それをわかってくれる人がいることを、その相手が悠介だったことに心がふるえた瞬間だった。忘れるわけなんてない。

頷くと、隣から小さな嘆息が聞こえた。

「俺たちの関係が普通とは違うはじまり方だった分、おまえがこれからを不安に思うのも無理はない。戸惑いも迷いもあるだろう。だから言っておきたいんだ」

悠介が一度言葉を切り、身体ごとこちらを向く。

「俺はおまえを守りたい。ふたりで暮らしていきたいと思ってる」

「え……？」

「おまえとずっと一緒にいたいんだ」

「――――」

すぐには言葉の意味がわからなかった。

なにを言っているんだろう。どうしてふたりで暮らすんだろう。来年の八月八日、タイムリミットがきた瞬間に夢から覚めなければいけないのに。

思っていることが顔に出ていたのか、悠介は不安を払い除《の》けるように力強く首をふった。

「俺は時が過ぎるに任せてこのまま終わらせたくない。どうすればいいか最善の方法を探してみる。おまえも同意してくれるとうれしい」

「悠介さん」

「不安があるなら全部俺に話してくれ。おまえはもうひとりじゃない。俺がいる」

熱っぽく語り続ける悠介を見ているうちに胸の奥がざわざわとなる。彼が本気でそう言ってくれているのがわかるだけに、ほたるは答えることができなかった。

自分との未来を考えてくれてうれしかった。ほんとうにうれしかった。

だけど。

——いくらでも俺を頼れ。

悠介の言葉が頭の中で反響する。眼差しが真剣であればあるほど、その手を取ることはできないと強く思った。

彼はきっと、自分に同情してくれているんだ。

やさしい人だから、同性を好きになってしまうと悩むほたるを知って放っておけなくなっただけだ。自分が支えてやらなければと使命感を覚えたんだろう。あるいは性的な嗜好《しこう》を打ち明けさせたことで責任のようなものも感じているのかもしれない。

でも、それは違う。

今は同情を好きと錯覚しているのかもしれないけれど、そんな一時の感情で悠介の将来を台無しにしていいはずがない。ましてやそれもただの誤解だ。それなら。

——自分から終わらせるしかない。

「……っ」


そう思った瞬間、どうしようもなく恐くなった。ごくりと喉を鳴らす音がやけに大きく聞こえる。

両手の指の間から大切なものが次々こぼれ落ちていくような、得《え》も言われぬ焦燥感《しょうそうかん》に襲われた。

こんなにも好きな人の手を自分から離す。奇跡のように惹《ひ》かれ合った心を自分から。そんなことをして、自分がどうなってしまうのか想像もつかなかった。

それでも、決断するしかない。それが彼のためになるのだから。

焦《こ》がれる恋心を押し隠して悠介を見上げる。

言葉にできない想いごと、ここに置いていこうと思いながら。


その日、悠介が帰ってきたのは夜遅くになってからだった。

この頃は仕事が忙しいのか、帰宅が二十三時を越えることも多い。残業中に夕食まで済ませてくる彼とは話す機会もめっきり減り、朝晩の送迎ぐらいでしか顔を合わせることもなかった。

「おかえりなさい。悠介さん」

今夜もいつものように玄関まで迎えに出る。

三和土で靴を脱いでいた悠介は顔を上げ、ほたるを見て微笑《びしょう》を浮かべた。

「ただいま。遅くまで待たせてすまなかったな」

「いえ。悠介さんこそお忙しくしていらっしゃいますね。お疲れが出ませんように」

「ありがとう。おまえがそう言ってくれると疲れも吹き飛ぶ」

鞄を預かろうとするほたるを、悠介がそっと制する。

「いい、自分でやる。おまえはもう休め」

「え？」

「疲れた顔をしてる。早く休んだ方がいい」

無意識に思い詰めていたのが顔に出てしまっていたらしい。

――――いけない。こんなことじゃ……。

「ぼくなら大丈夫ですから」

ほたるは安心させるように、にっこりと笑ってみせた。

気遣ってもらうなんてもったいない。ただでさえ茶事に仕事にと忙しい人に、これ以上余計な心配をかけたくない。

悠介の手から半ば奪うようにして鞄を預かり、「しかたがないな」とゆるく嘆息した彼の後に続く。

今はただ、黙って好きなようにさせてもらえることがうれしかった。

長い廊下にふたりの足音だけが響く。

どこからか、リーン、リーン……とスズムシが鳴くのが聞こえた。身を焦がした夏が終わり、次の季節がきたことを告げる虫の音にそっと自分の気持ちを重ねる。

「なにか、話があるのか」

悠介が肩越しにふり返ってこちらを見た。

いつもとどこか雰囲気が違うことは彼にも伝わっていたらしい。

「……はい」

答えると、悠介はそれ以上深くは訊かずに黙って部屋に入れてくれた。

畳に一歩足を踏み入れた途端、悠介の匂いに包まれる。ここに来るのもこれが最後かもしれないと思ったら瞬きをするのさえ惜しく思えた。

ここでお茶の稽古をつけてもらい、茶会の案内も一緒に折った。あれこれとたくさんの話をした。そのすべてを胸に刻む思いでほたるはもう一度大きく息を吸いこむ。

スーツのまま畳に腰を下ろす悠介に目で促され、ほたるも少し離れたところに正座をした。

「この間の返事を聞かせてくれるのか」

——おまえも同意してくれるとうれしい。

核心を突いた問いかけに心臓が大きくドクンと跳ねる。ふるえそうになる身体を戒《いまし》め、腹にぐっと力を入れて、ほたるは畳の上に手を突いた。

「悠介さんに、お詫びをさせてください」

「ほたる？」

「このまま許嫁でいることはできません。来年の夏を待たずに関係を解消してください」

「……っ」

悠介が大きく息を呑むのが聞こえた。

「どういう意味だ」

「悠介さんにはとてもよくしていただきました。だからこそ、障害になりたくないんです」

自分のような許嫁がいては将来が台無しになってしまう。自分の存在はマイナスになりこそすれ、プラスになることなんてひとつもない。

今の自分がすべきなのは、一刻も早く彼の目を覚まさせることだ。自分に対して抱いてくれている
それは恋愛感情などではなく、悠介のやさしい心根が錯覚させたまったく別のものなんだと。

けれど悠介は険しい顔で首をふる。

「俺は、おまえを障害だなんて思ったことは一度もない」

「でもいずれ必ず、そう思う時が来ます。それでは遅いんです」

頑《かたく》なにくり返すほたるに、悠介は真意を探るように目を眇めた。

「ほたる、なにがあった。どうして急にそんなことを言い出すんだ」

畳の上を躙り寄られ、思わずビクッと身を竦める。

そんなほたるを見て悠介が苦渋に顔を歪めた。

「おまえとは、気持ちを通わせることができたと思っていたんだ。身も心も、お互いのものになれたんだって……」

それなのに、と続ける声が低く掠れる。

「おまえは無理して俺を受け入れてくれていたのか」

「そ、そんなことありません」

「それなら、俺のことをどう思ってる？」

心の奥に踏みこまれ、本能的に恐くなって息を呑んだ。

「答えてくれ。ほたる」

悠介はくり返す。怒りさえ隠そうとしない眼差しに、彼がどれだけ真剣に自分に向き合ってくれているか痛いほど感じた。

「俺に抱かれたことを後悔してるのか。許嫁という立場上、そうするしかなかったか」

「ちっ、違います……っ」

自ら望んだ。一度でいいからと狡《ずる》いことさえ考えて。

懸命に首をふり続けるほたるに、悠介は苦しげに声を絞り出した。

「おまえを好きになればなるほど、おまえが遠く思えてくる」

「……っ」

「ほたる、頼むから答えてくれ。おまえの本心が聞きたい。……俺のことを、どう思ってる？」

心の枷《かせ》が外れそうになる。本音を打ち明けてしまいたくなる。

――悠介さんが好きです。もうずっと前から、苦しいくらい。

決して口に出せない想いを呑みこんで、ほたるはゆっくり深呼吸をする。

「大切な方だと思っています」

その瞬間、悠介の纏う空気が変わった。

「……………そうか。そういうこと、だったのか……」

詰め寄っていた身体がすっと離れていく。その目にもはや熱情はなく、ただ事実を受け止めようとする切実さだけが残されていた。

「おまえの気持ちはよくわかった。すまなかったな」

悠介が寂しそうに目を細める。それは悔しさとも諦めとも取れる、はじめて見る表情だった。

「最後に我儘を言ってもいいか。これで終わりにする。――俺を嫌いだと言ってくれ」

「なっ…」

息が止まる。

心臓を鷲掴《わしづか》みされたかのように胸がぎゅうっと苦しくなった。

どんなに首をふろうとも、悠介は黙ってこちらを見据えるばかりだ。これまでどんなことも笑って受け止めてくれていた彼の目がこれだけは譲らないと告げていた。

その手を離すと決めたのは自分の方なのに、拒絶するのがこんなにも恐い。

それぐらい、ほたるにとって悠介はすべてだった。憧れであり、心の拠《よ》り所であり、思慕《しぼ》の情を向ける相手だった。好きという気持ちがあふれてしまいそうなほどなのに、嘘でも嫌いだなんて言えるわけがない。

「悠介、さん……」

絞り出した声はみっともなくふるえている。

それでも、悠介はただ静かにこちらを見つめるばかりだった。

「俺を思うなら、言ってくれ」

「……っ」

心臓は壊れたように早鐘を打ち、身体の内側から「やめろ」と叫んでいるかのようだ。それをもうひとりの自分が「これは彼のためなのだから」と無理やり押しこめようとした。

心と頭がバラバラになる。感情が理性に塗り潰される。どんどん息をするのが苦しくなり、なにも考えられなくなった。

それでも——。

それでも、彼の願いなら。自分に望んでくれるなら。

やめろ、という心の声をごくりと呑みこむ。悠介さんのために。彼を解放するために。

爪が食いこむほどこぶしを握り締め、思いきって口を開く。

「悠介さんが、…………嫌い…、です」

言葉にした瞬間、取り返しのつかないことをしたのだとはっきりわかった。

もう戻れない。もう二度と、もとのふたりには。

悠介は目を閉じ、嚙み締めるように深呼吸をした後で、ゆっくりと瞼を持ち上げた。

「わかった」

それが、最後だった。

顔を上げた弾みに涙がぽろぽろと落ちる。それは堰を切ったように次々にあふれ、白い頰を伝っていった。

悠介がそっと首をふる。

「もう拭ってやれなくて、ごめんな」

その言葉に胸が詰まり、涙を拭くのも忘れてほたるは頷《ぬか》ずいた。

深い深い後悔とともに。

最後まで、彼に謝らせてしまったことを。


決定事項になってしまえば、後はあっという間だった。

もともとが歪《いびつ》な関係であっただけに、本家では早々に破綻《はたん》することも想定していたのかもしれない。

ほたるが二十歳になるのを待つことなく許嫁関係は解消され、ほたるは実家に戻ることになった。

ここに来る時と同じように鞄ひとつに荷物を詰め、その一番上に悠介からもらった大切なお守りとメモ帳を入れてファスナーを閉める。

それを持って宗哲たちの部屋に赴いたほたるは、畳に手を突き、深々と頭を下げた。

「短い間でしたが、大変お世話になりました。充分にお役に立てないまま出ていくことをどうかお許しください」

しきたりを重んじてきた人たちだ。どんな罵声《ばせい》や罵倒も覚悟の上だった。

「顔を上げなさい」

威厳のある声に促され、そろそろと頭を上げる。

宗哲の顔は予想に反しておだやかで、隣にいる文からも怒りのようなものは感じられなかった。

「悠介から話は聞いた。このまま形だけ続けていくのも難しいと」

「申し訳、ありません」

「いずれはこうなる予定だった。それが今か、成人してからかというだけだ」

宗哲は短く嘆息し、言い渡した。

「婚約は本日をもって破棄《はき》する。今後については六条に任せる」

ほたるはもう一度、深々と頭を下げる。

部屋を出るとすぐ、外で待ち構えていた綾乃に「ほたるくん！」と呼び止められた。

「出ていくってほんと？　どうして急に……」

綾乃の後ろには宗介もいる。

「決めたのか」

「はい」

「悠介さんのこと、ほんとうにいいの？　わたしの勘違いじゃなければお互いに……」

ほたるは力なく首をふる。

それを見てなにかを察したのか、綾乃ははっとしたように押し黙った。

「宗介さん、綾乃さん、お世話になりました。いつも気にかけてくださって、ほんとうにありがとうございました」

一礼するほたるに、ふたりは苦しげな表情を浮かべる。

「相談に乗ると約束したのに、力になってやれなくてすまなかった」

「ごめんね、ほたるくん」

口々に謝られ、ほたるは慌てて首をふった。

「いいえ。ぼくが至らなかっただけです。おふたりにはご心配ばかりおかけしました」

宗哲や文にも、そしてなにより悠介に、たくさんの迷惑をかけてしまった。申し訳ないとくり返すほたるを綾乃はただただ抱き締めてくれた。

姉のように思うこともあった。宗介のことは兄のように。

けれど、悠介のことだけは最後まで兄とは思えなかった。それができたらこんな別れ方はしなくて済んだかもしれないのに。

考えても詮ないことばかり頭を過《よ》ぎる。

そんな己と決別する意志をこめて、そっと綾乃から身体を離した。

「どうかお元気でいてください。おふたりのことは忘れません」

こんなことになった以上、もう二度と叶家の敷居を跨《また》ぐことは許されないだろう。再び会うことは叶わないけれど、祈ることならほたるにもできる。

心やさしいこのふたりが、ずっとしあわせでありますように。

そして、想いを添わせられなかった最愛の人が、いつかしあわせになりますように。

見送ってくれるというふたりに感謝しながら玄関へと廊下を踏み締める。一歩進むごとに思い出が走馬燈《そうまとう》のように脳裏《のうり》を過ぎり、静かに心を軋ませた。

——悠介さん、どうぞお元気で……。

出発はあえて彼が仕事でいない時間を選んだ。悠介のことだ、嫌いと言ったほたるにさえ別れ際はやさしい言葉をかけようとするだろうから。

この家に来た時同様、黒塗りの車が玄関前に横づけされる。

運転手の男性が降りてきて、後部座席のドアを開けてくれた。

「よろしくお願いします」

ドライバーに会釈し、もう一度宗介たちに頭を下げると、ほたるはひとり車に乗りこむ。

これで終わった。長い夢から覚める時がきた。

車は静かに走り出し、すぐにすべてを過去へと押しやる。

流れる景色がもう二度ともとに戻れないことを教えていた。

実家に戻るなり、飛んできたのは容赦ない罵倒だった。

「なんだってこんなことも満足にできないんだ。うまくやれとあれほど言っておいただろうが！」

「まったくどうしてくれるの。本家に顔向けできないようにしてくれて」

叶の家でなにがあったのかなどまるで関心がないようで、父も母もなにも訊かない。ただほたるを叱咤し、当てが外れたと嘆くばかりだった。

女の子として本家に嫁ぐこともできず、実家の家業を継ぐこともできず、せめて支度金の分ぐらい働いてこいと出された先からも一年経たずに返された。役目も果たさず帰ってきたのだから当然だ。なにを言われても返す言葉もなかった。

「このままおまえを家に置いておいたら本家の不興を買う」

「……え？」

「おまえを預かる家を探す。路上に放り出されないだけありがたいと思え」

父親の言葉に愕然《がくぜん》とする。生まれ育ったこの家にすら、もう自分の居場所はなくなってしまったということなのか。

戸惑うほたるに、利一は苛立ちを隠しもせずに吐き捨てた。

「これ以上迷惑をかけるな。役立たずは大人しくしていればいいんだ」

「……っ」

言葉が矢のように突き刺さる。成就できない恋に思い悩み、叶家の人々への罪悪感に軋み、とうに限界を超えていた心がとうとう、パリン、と音を立てて割れるのがわかった。

――そう、か……。

しかたがない。しかたがないんだ。

両親には分家の筆頭として、お茶問屋として、対外的な立場がある。なんの役にも立たない自分がここにいては迷惑になるのだ。

利一がどこかへ電話をかけ、ほたるの処遇を決めている。どうやら遠い親戚の家に預けられることになるようだった。

誰かと連絡も取る必要はないと携帯電話も取り上げられる。

きっと今日のうちに解約されてしまうだろう。電話帳に登録していた数少ない友人たちのことが頭を過ぎったものの、返してと言うことはできなかった。どのみち今は休学中だし、こうなった以上、その後復学できるかもわからない。

いくらか金を握らされ、持ち帰った鞄をそのまま持って今度はタクシーに押しこまれる。

これからどこへ行くのか。自分はどうなってしまうのか。疲れきった頭ではなにも考えられない。

すべてがもう、どうでもよかった。

＊

木枯《こが》らしがびゅうと吹き渡っていく。

灰色の空から今にも雪が降ってきそうだ。年の瀬も押し迫った冬の曇天《どんてん》を見上げながら、ほたるはそっとため息をついた。

こうしているとすべてが夢だったような気がしてくる。叶家で過ごした日々も、叶わぬ恋に身を焦がしたことですら、淡い幻《まぼろし》のように思えるのだった。

これまで関わってきたものすべてを遠ざけられ、情報を遮断されて、この家に来て二ヶ月が経つ。季節はいつの間にか冬を迎え、しんしんとした寒さの中にすべてを埋めてしまおうとしていた。

ほたるが身を寄せているのは六条の遠い親戚に当たる、分家とは関係のない一般家庭だ。高齢の夫婦だけで暮らしている家の一室を間借りさせてもらっている。なんでも父親の父親、つまりほたるの祖父に当たる人にずいぶん世話になったそうで、突然のことにも拘わらず老夫婦はほたるをあたたかく受け入れてくれた。

ほたるが生まれる前に鬼籍《きせき》に入っていた祖父とは会ったことはないけれど、聞かせてもらった話の端々から人徳のある素晴らしい人だったことが伝わってきた。困っているものを放っておけず、己の身を削ってでも手を差し伸べるような人だったのだそうだ。

――ぼくの、おじいちゃん……。

父が祖父の話をしてくれたことはなかった。ほたるが知っているのは「反りが合わない人だった」という言葉だけだ。今頃になってその意味がわかるような気がした。

祖父が生きていたらどんな話をしただろう。ありのままの自分を受け入れてくれただろうか。

ありもしないことを考えてしまいそうになり、頭をふって考えを追い出そうとした時だ。

唐突に、玄関の戸を叩く音がした。

他人の家を訪問した際はインターフォンを鳴らすのが普通だと思っていたけれど、東京《とうきょう》から一山越えたこのあたりの集落では昔から家に鍵をかける習慣自体がなく、用事があれば玄関を開けて勝手に中に入ってくる。はじめて家の中で親戚以外の人間に出会《でくわ》した時は「すわ泥棒か」と慌てたものだが、ようやくのことでそれにも慣れた。

だから逆に、玄関の前でじっと待っている訪問者を不思議に思った。この村の人間ではないのかもしれない。わざわざ遠くから来たんだろうか。

「どうしよう」

老夫婦は互助会《ごじょかい》の集まりで夕方まで留守にしている。とりあえず相手の事情を聞いて、待てるようなら上がって待っていてもらおうか。

そんなことを考えながらカーディガンを羽織《はお》って玄関に向かう。

「はい。どちらさま……」

ガラガラと音を立てながら引き戸を引いたほたるは、立っていた人物を見て息を呑んだ。その顔には嫌というほど見覚えがあった。

「水嶋さん」

自分と同じく分家出身の水嶋だ。

普段はほとんど関わりがなく、節目《ふしめ》の折に顔を合わせる程度だったが、水嶋の人を食ったような嗤《わら》い方がほたるは少し苦手だった。

三十を越えたというのに定職にも就《つ》かず、毎日ふらふらしているのだと彼の母親がため息交じりに話しているのを聞いたことがある。そのくせ金勘定《かねかんじょう》には熱心で、呼ばれてもいないのにちょくちょく本家に顔を見せては「この壺《つぼ》を売ればいい金になる」「この掛け軸を古美術商に見せたら高く買ってくれるはずだ」と宗哲を唆《そそのか》そうとした。本家の財産を狙《ねら》っていると噂《うわさ》されたことさえある。

そんな人が、いったいなんの用があるというのか。

「どうして、ここに……」

戸惑うほたるをよそに、水嶋は舐《な》め回すようにこちらを見た。

「本家の坊ちゃんがおまえを探してるって話を小耳に挟んだもんでな。それも、当主には内緒で探させてるっていうじゃねぇか。こりゃなんかあると思ったわけだ」

――悠介さんが……？

自分を探してくれているなんて、どういうことだろう。関係は解消されたのに。自分たちの間にはもう、なんの繋がりもないはずなのに。

トクトクと徐々に大きくなる胸の鼓動をそっと押さえる。

けれど、続く水嶋の言葉にほたるは目の前が真っ暗になった。

「おまえ、男が好きなんだってな。おまえの親父《おやじ》さんに一席設けたら酔ってベラベラ喋ってくれたぜ。その流れでここのことも知ったって寸法だ」

「……っ」

あまりのことに血の気が引く。

言葉を失ったほたるを見て、水嶋は狡猾《こうかつ》な蛇《へび》のように目を細めた。

「なぁ。そんなおまえを探してるってことは、坊ちゃんにもそっちの気《け》があるってことか？」

思わずビクリと肩が竦む。

「ふーん。本家の次男がねぇ……」

水嶋はよからぬことを考えているのか、ゆっくりと舌舐めずりをした。

「男の許嫁を選ぶなんておかしいとは思ってたんだ。しきたりへの当てつけかと思いきや、案外本気だったんだな。許嫁っていう大義名分のもとに立場の弱い分家のおまえを慰みものにしたわけか」

「ち、違います！」

ひどい侮辱《ぶじょく》に眩暈がする。倒れそうになるのを踏ん張ってほたるは精いっぱい声を張った。

悠介さんはそんな人じゃない。自分と身体を重ねたのだって彼がやさしい人だったからだ。一時の気の迷いとはいえ、そんな噂が立って彼の迷惑になるなんて考えたくもなかった。

「じゃあ、確かめさせてもらおうか。おまえの身体が坊ちゃんを知ってるかどうか」

そう言うなり、グイと胸倉《むなぐら》を摑まれる。

「え？　なに……や、やめてください……！」

そのまま表に連れ出されそうになり、慌てて抵抗を試みたものの、腕力で敵う相手ではなかった。降りはじめた雪の中を引き摺られ、水嶋が乗ってきたと思しき白いランドクルーザーの後部座席に押しこまれる。ドアに肩を強か《したた》に打ちつけ、呻《うめ》いているうちに上から水嶋がのしかかってきた。

「お互い愉《たの》しもうぜ」

ニヤリと下卑《げび》た笑みを浮かべる相手に鳥肌が立つ。生理的な嫌悪にも増して恐怖で頭の中が真っ白になった。

「どうやって坊ちゃんを誘ったんだ？　やってみな？」

水嶋がグイと下肢を押しつけてくる。

「や、やめ……て、……っ」

「やめてじゃねぇだろ。これからいいことしてやろうって言ってんだ」

「嫌っ、やめ……さ、触らないで……、や……っ」

服を捲り上げられそうになり、とっさに出した手が水嶋の顎に当たった。

「痛《い》ってぇな。いい加減にしろよ、このクソガキが」

「やっ……！」

必死に逃げようにも、狭い車内では身動きも取れない。それでも水嶋から逃れたい一心でほたるは懸命にもがき続けた。

心臓が壊れたように早鐘を打つ。どんどん息が苦しくなる。

めちゃくちゃにふり回していた腕を掴まれ、顔の両脇に縫い止められて、至近距離から蛇のような目に睨《にら》みつけられた。

「俺をあんまり怒らせるなよ？　坊ちゃんが、分家のガキを手籠《てご》めにしたって親戚中に言いふらしてやったっていいんだぜ」

「……そ、んな……」

そんなことになったら悠介の将来にどんな支障が出るかわからない。表立った話にはならずとも、彼があの家でやっていく上で間違いなく障害になる。

そのためには水嶋の口を塞《ふさ》いでおくしかない。交換条件という最悪の方法で。

——今だけ、我慢すれば……。

そんな考えが頭を過ぎる。乱暴な手に身体を撫で回され、ほたるは嫌悪にぎゅっと目を瞑った。

瞼の裏に悠介の顔が浮かぶ。

一度だけ、愛する人に触れてもらった。それが今、意に添わぬ相手に上書きされようとしている。悠介との大切な思い出が無残にも土足で穢《けが》されようとしている。

嫌だ。やっぱり嫌だ。彼以外には触れられたくない。

――悠介さん………！

心の中で愛しい名を叫んだ時だ。

ガン！　という大きな音に目を見開く。車外からの思いがけない衝撃に、ほたるだけでなく水嶋もまた身を強張らせた。

いったいなにが起きたというのか。そろそろと窓の外を覗いたほたるは、黒いコート姿の男性に思わず目を疑った。

「……悠介、さん……」

――そんな、ことが、あるなんて……。

どんなに雪が降っていようとその姿を見間違えるはずもない。それはまさに胸の中で助けを求めた愛しい相手に他ならなかった。

「ほたる！」

目が合った悠介が腹の底から声を上げる。

彼の口から自分の名が出た瞬間、うれしさと混乱で全身の血が沸騰《ふっとう》するかと思った。

「悠介さん！」

自分のために、こんなところまで来てくれたなんて。

こみ上げる思いのままドアに手を伸ばしたところで、不意に身体を引き戻された。

「なにしてんだよ」

「や、っ……！」

後ろから羽交《はが》い締めにされそうになり、ほたるはとっさにその手を噛む。痛みに呻いた水嶋が手を引いた隙にドアのロックを解除した。

「このクソガキ！　調子に乗りやがって」

肩を摑んで引き戻され、力任せに頬を張られる。パン！　という乾いた音と同時に外側からドアが開くのがわかった。

「来い！」

悠介の怒声が響き渡る。

力尽くで引っ張り出された水嶋は体勢を整える間もなく頬を殴られ、雪の上に無残に転げた。

「てめぇ、この野郎！」

水嶋はこぶしをふり上げようとしたが、それより早く長身の悠介に胸倉を摑まれ、持ち上げられて、なす術《すべ》もなく呻くばかりだ。

対する悠介はこれまで見たこともないような顔をしていた。

理性で辛うじて抑えていることがわかる激しい憤怒《ふんぬ》。その眼差しは恐ろしいほど冷え冷えとしていて、彼がどれだけ本気で怒っているのかが窺い知れた。

「いいか。今回だけは大事《おおごと》にしないでおいてやる。次同じようなことをしたら、おまえが本家の蔵に忍びこんで茶器を盗んだ証拠と一緒に警察へ突き出してやるからそう思え」

「な……」

「わかったら今すぐ立ち去れ」

悠介が水嶋を突き放す。支えを失って再び地面に伏した水嶋はしばらくその場で咳《せ》きこんでいたが、悠介に三度《みたび》詰め寄られるなり弾かれたように立ち上がった。

「……くそっ。どけ！」

水嶋は悠介を押し退《の》け、雪を落とす間も惜しんでランドクルーザーに飛び乗る。脱兎《だっと》の如《ごと》く走り去っていく車をしばらく無言で見送っていたほたるだったが、ふと我に返るなり、慌てて悠介のもとへ駆け寄った。

「ゆ、悠介さん。どこかお怪我は」

「俺は大丈夫だ。……それより、おまえが無事でほんとうによかった」

深い安堵のため息とともにそっと胸に引き寄せられる。息を吸いこんだ途端、全身が懐かしい匂いに包まれた。

悠介さんの匂いだ。悠介さんのぬくもりだ。

強く抱き締められ、何度も「よかった」とくり返してくれる悠介に胸がいっぱいになったほたるは

自分からも腕を回す。

けれど、悠介はなぜかはっとしたように身体を離した。

「すまない。嫌いとまで言わせておいて、こんなことをするのはおまえに失礼だったな」

「そんな……」

あの一言が彼と自分の間を決定的にわけ隔《へだ》てているのだと思い知らされる。

悠介は唇を引き結び、意を決したようにこちらを見た。

「支度金の話を聞いた。おまえが許嫁の話を受けてくれたのは、どうしても断れない理由があったからだったんだな。それなのに俺は、無理に気持ちを押しつけるような真似をしてしまった。おまえが断れないとも知らずに、受け入れてほしいだなんて我儘を……」

「悠介さん」

「なにも知らないまま、苦しませていたことを謝らせてほしい。それを言いたくてここに来た」

悠介はまっすぐにこちらを見つめる。

そのためにわざわざこんな遠いところまで来てくれたんだと思うと、その誠実さにズキズキと胸が痛んだ。

許嫁は確かに決められたものだったけれど、支度金の話もほんとうだけれど、それでも機に乗じたのは自分だ。ずっと憧れていた人と束の間一緒に暮らせるなら、彼の隣にいられるのならと。

そうして悠介のやさしさに甘えた。この時間が少しでも長く続けばと願った。彼の気持ちが真剣だと知っていてなお、それに応えることもできないまま――。

「違います」

気づいた時には言葉が口を突いて出ていた。

「断れなかったから一夜をともにしたわけではありません。それだけは、わかってください」

「それなら俺を気の毒に思ってくれたのか。おまえのことが好きで好きで、おかしくなりそうな男のことを」

悠介が自嘲に顔を歪める。

彼にそんな顔をさせたくなくてほたるは懸命に首をふった。

「悠介さん、いけません。ぼくのことなんて早く忘れてください」

「どうしてそんなふうに言う」

「だってぼくは、男だから」

みっともないほど声がふるえる。引き攣《つ》れるような喉の痛みをこらえながらほたるは懸命に悠介を見上げた。

だって同情は愛情じゃない。早く目を覚ましてもらわなければいけない。

「一緒にいて、情が移っただけですよ。弟ができて構いたくなっただけかもしれない」

「ほたる」

「悠介さんにはしあわせになってほしいんです。許嫁に指名したからって責任を感じる必要はありません。ぼくはとてもよくしていただきました。だからもう、充分です」

「ほたる！」

これ以上言葉は継がせないとばかり強く強く抱き締められる。一度は腕を解かれただけに、なにが起きているのかすぐにはわからなかった。

「離れている間、片時もおまえを忘れたことはなかった。今もくり返し夢を見る。泣いているおまえを慰めることも、涙を拭ってやることもできない自分に苛立《いらだ》つだけの夢を」

「どうして、そんな……」

声が掠れた。

関係を断ってなお、気にかけてもらう必要なんてない。過去の過《あやま》ちだったと切って捨ててくれればそれでよかったのに。

茫然《ぼうぜん》とするばかりのほたるを悠介はさらにかき抱いた。

「おまえの手を離したことを、死ぬほど後悔した」

「……っ」

「おまえの傍にいられない現実を俺はまだ受け入れられずにいる。それはきっと一生変わらない」

――悠介さんが、そんな……。

絞り出される声はふるえている。まるで今なお生々《なまなま》しい傷痕《きずあと》を見せられているようだ。

「ほたる」

大切な宝物のように名を呼ばれる。

「ほたる……ほたる。ほたる……」

「悠介さん」

名を呼び返すことでそれに応えるうちに胸がぎゅうっと痛くなった。

このまま、二度と会えなくなってほんとうにいいのか。

この想いを伝えないまま別れてしまってほんとうにいいのか。

一度は押しこめた想いが胸の中でマグマのように熱く滾《たぎ》る。こんなふうに言われて、力の限り抱き締められて、それでもただの同情だなんて思い続けていいんだろうか。

悠介の胸に顔を押し当て思うさま息を吸いこむ。愛しい匂いに身体の中から満たされて、このまま時が止まってしまえばいいのにとさえ思った。

けれど願いとは裏腹に悠介の身体が離れていく。

つられるようにして顔を上げると、彼は鳶色の目をやさしく細めてこちらを見ていた。

「おまえを、愛しているよ」

けれどほたるが口を開くより早く、悠介は諦観《ていかん》に顔を歪める。

「だからこそ、縛りつけておくわけにはいかない。おまえの気持ちが俺にないのに、それでもほしいなんて我儘だ」

「……え……？」

「だから一生、おまえだけを想って生きていくことを許してほしい」

「どうして、そんな……悠介さんはしあわせに……」

「おまえ以外に、俺をしあわせにできる人間はいないんだ」

「……っ」

きっぱりと告げられて、今度こそ息を呑んだ。

全身全霊で愛されて、それでもまだ嘘をつき続けるなんて自分にはできない。今こそ悠介に対して誠実でありたい。ありったけの想いを差し出したい。

鳴りすぎて痛いほどの胸を服の上からぎゅっと押さえ、ほたるは思いきって顔を上げた。

「ぼくは、悠介さんを嫌いだと思ったことはただの一度もありません」

「ほたる？」

鳶色の瞳が真意を探るように見つめてくる。

「悠介さんと過ごす時間を一生の思い出にしようと決めていました。悠介さんの傍にいられてぼくはほんとうにしあわせでした。叶うなら、ずっとそうしていたいと思うくらいに……」

それは途方もない夢でもあった。

「でも、時間は一年しかないから。一年経ったら、なにもなかった頃に戻らなくちゃいけないから。せめていい思い出にしてほしかったんです。どうしても幻滅《げんめつ》だけはされたくなかった」

「幻滅だなんて、なにを言うんだ」

「だって」

言い募《つの》ろうとして言葉が喉に閊《つか》える。怖じ気づきそうになる己を奮い立たせて、ほたるはまっすぐ悠介を見た。

「ぼくが、お金のことや家のせいで許嫁になったわけじゃないって知ったら、悠介さんは呆《あき》れるかもしれない。あなたの傍にいたい一心でよろこんでその役目を引き受けたなんて」

「……どういう意味か、確かめてもいいか。俺にはもう自分に都合のいいようにしか考えられない。もしかしてほたる、おまえは……」

「はい」

こくりと頷く。

「ずっと、悠介さんのことが好きでした。許嫁になる前から……はじめてお会いしたあの日から」

「――――」

悠介がこれ以上ないほど目を見開く。

「……ほんとう、なのか……」

信じられないというように何度も首をふりながらも、信じたい、そうあってほしいのだとその目は強く訴えていた。

それを見ながらほたるもまた胸の奥を熱くする。長い間たったひとりで抱えていた想いはついに、自分という名の境界を越え、音になって愛しい相手に伝わっていった。

「ほたる」

逞しい腕に宝物のように包まれる。はじめてふたりでわかち合えた想いごと抱き締めてくれているのが伝わってきて、堰を切ったように涙があふれた。

けれどもう、これは悲しみの涙じゃない。

悠介に目尻に唇を寄せられ、やさしく涙を吸い上げられて、身体だけでなく心までふるえた。

「おまえが泣く時は、俺にこうして拭わせてくれ」

「悠介さん」

おだやかな眼差しにほうっと吐息がこぼれ落ちる。ようやく安心したせいだろうか、くしゅん、と小さなくしゃみが洩れた。

「すっかり冷えてしまったな。車に移ろう」

そう言って悠介の車に促される。

助手席に座ったほたるが少しでも早くあたたまるようにと、彼は強めに暖房を入れてくれた。

静かな車内にエアコンの音だけが響く。フロントガラスはうっすらと曇り、密やかなふたりだけの空間を作り上げていた。

それを見つめながら、ほたるはもう一度深々と息を吐く。こうして悠介と肩を並べていてもまだ、我が身に起こったことが信じられなかった。

――ほんとうに、打ち明けられたんだ……。

心の中で呟くたびにうれしくて指先までジンと痺れる。彼と想いを重ね合う日が来るなんてまるで思いもしなかった。

無意識のうちに胸の前で両手を握っていると、すぐ横から悠介が手を伸ばしてくる。

「寒いか」

「いえ。……あたたかいです」

このしあわせに包まれて、胸がいっぱいになってしまうほど。

そう言うと、悠介は鳶色の目をやさしく細めて微笑した。

「ほたる。愛してる」

「……ぼくも、です」

ぎこちなく、けれどこれ以上ないほど想いをこめて言葉を返す。たったそれだけのやり取りなのに心がふるえるほどうれしかった。

「息をするごとにおまえを好きになる。これ以上の強い気持ちを俺は知らない」

手に手を重ねられ、そのまま指を絡められる。まるでそこが心臓になったかのようにみるみる指先が熱くなった。

恥ずかしい。なのにうれしい。離したくない。

そんな気持ちは悠介にも伝わったのだろう。指を交互に差し入れ、手を繋がれる。一度身体を重ねてはいてもこんなふうに手を繋ぐのははじめてで、ますます胸がドキドキした。

照れくささに下を向くと、隣で悠介がくすりと笑う。

「そういうところは昔から変わらないな」

上目遣いで見上げるほたるに悠介はますます相好《そうごう》を崩した。

それからまっすぐに前を向き、昔を思い出すように遠い目をする。

「いつからだろう、おまえが特別に思えたのは――。お茶を届けに来てくれた頃も、叶の家に来てからも、弟のように思っていたのに……。健気《けなげ》なおまえを見ているうちに少しずつ心が揺さぶられた。花嫁修業だなんだと慣れないことばかりで大変だったろうに、おまえは泣き言ひとつ言わず、いつも前向きに頑張っていたな」

「悠介さんが助けてくださいました。綾乃さんも、宗介さんも気にかけてくれましたから」

「ほたるはいい子だ。いつも周りに感謝する気持ちを忘れない。そんな素直さに驚かされたし、同時に我が身をふり返るきっかけにもなった」

「悠介さんが？」

意外だった。彼ならば他の模範になりこそすれ、反省することなどなにもないように思うのに。

首を傾げるほたるに悠介は苦笑した後で、静かにため息をついた。

「自分でも気づかないうちに悶々《もんもん》としていたんだろうな。家も流派も継がない自分は、叶の家でどうあるべきかと。だからこそ一途《いちず》なおまえが眩しく見えた」

「ぼくなんて、なにも……」

「誰にでもできることじゃない。おまえはよくやってくれた。だから俺も、そんなおまえに恥じないように自分を見つめ直すことができたんだ」

熱っぽく語った後で急に照れくさくなったのか、悠介が小さく肩を竦める。

「……なんてな。要は好きな相手の前で格好つけていたかっただけだ。おまえに尊敬される男になりたかった」

「それならずっと」

間髪《かんはつ》容《い》れずに答えると、悠介は一拍遅れて「ありがとう」と微笑んだ。

「もっと大切にすればよかったって、おまえを手放してからそればかり思った。だから決めたんだ。もう後悔はしない。そのためならなんだってする」

「悠介さん」

「俺は、おまえと生きていきたい。これから先ずっとだ」

熱を帯びた眼差しに息が止まる。

――これから先、未来を重ねてともに生きる。それはまるで……。

「プロポーズのつもりだ」

悠介はためらうことなくはっきりと告げた。

「許嫁でもなんでもない、ただのひとりの男として、叶悠介として、六条ほたるに誓わせてほしい。必ずおまえをしあわせにする。約束する」

――こんな、ことが………。

胸がふるえた。年も経験も社会的地位もなにもかもがかけ離れている。こんな障害だらけの恋を祝福してくれる人なんていないかもしれない。

それでも。

それでも約束すると言ってくれた。自分を必要としてくれた。こんなにしあわせなことなんてない。こんなよろこびなんて他になかった。

「ぼくで、いいんですか」

「おまえじゃなきゃだめなんだ」

やさしい声が畳みかける。

「ほたる。答えを聞かせてくれ。俺のものになると言ってくれ」

乞うように強く手を握られ、熱い眼差しで見つめられて、想いは堰を切ったようにあふれ出た。

「ぼくも…、ぼくも、悠介さんじゃなきゃだめなんです」

「ほたる」

「ぼくは一生、悠介さんしか好きになりません」

はじめて心を奪われてから、今も、そしてこれから先も。

あふれるほどの想いをこめて愛しい人の目を見返す。

「全部あなたのものにしてください。ぼくも悠介さんをしあわせにします」

苦しいくらい強くかき抱かれ、同じだけの熱をこめて抱き締め返した。

もう、我慢しなくていい。

愛することに罪悪感を感じなくていい。愛されることに疚しさを覚えなくていいのだ。

「おまえに出会えてよかった」

両手でやさしく頬を包みこまれる。ゆっくりと上向かされ、至近距離で目を合わされて、ほたるもまた悠介の手の甲に手を重ねた。

「ぼくも、悠介さんがいてくださることに、感謝します」

「愛してるよ、ほたる……」

囁きとともにゆっくりと顔が近づいてくる。

誓いをこめたくちづけに、ほたるもまた万感《ばんかん》の思いで身を委《ゆだ》ねた。


車窓の景色が徐々に見慣れたものになっていく。

都心は積雪が少なかったのか、あるいはすぐに除雪されたのだろう。雪の気配は微塵《みじん》もなかった。

あの後、帰ってきた老夫婦にわけを話し、入れ替わるようにして家を出た。

こんな時、持ちものが少ないと荷造りもすぐに終わる。叶の家に入る時も、実家から老夫婦のもとに来た時もいつもピリピリとした空気の中にいたから、「元気でね」と笑って見送ってもらったのははじめてのことだった。

時刻はもうすぐ十七時半になろうとしている。

どこかで早めの夕食を摂《と》るかと聞かれたものの、胸がいっぱいでとても食べられないと首をふると、悠介も「俺もだ」と小さく笑った。

交わす言葉は少なくとも、車内に重たい空気はない。彼がそこにいるだけで自然と心が満たされた。それは悠介も同じなのだろう。信号待ちで止まるたびにこちらに目を向けは、そっと微笑むことをくり返した。

――ここにおまえがいることを確かめたいんだ。

鳶色の目がそう言っている。

――ここにいます。悠介さんの隣に、ずっと。

無言で交わし合う約束がうれしくて、しあわせだと心から思った。

ほどなくして、ふたりを乗せたセダンは地下パーキングへと入っていく。シティホテルに直結した駐車場らしく、悠介に促されるままエレベーターでフロントへと上がった。

どうやら今夜はここに泊まるらしい。

悠介とふたりで外泊するなんてはじめてのことで、こうしてチェックインの様子を見守るだけでもなんだか感動してしまった。

――今日は、ふたりだけで過ごすんだ……。

そっと心の中で噛み締める。てっきり叶の家にそのまま戻ると思っていたから、こんなふうに自分たちの時間が持てるとは思わなかったのだ。

――悠介さんと、ふたりだけ……。

心臓がドクンと跳ねる。

「あ…」

思わず小声を洩らしてしまい、彼に聞こえてしまっただろうかと目を上げる。幸いなことに悠介はちょうどホテルスタッフと話していたところだったらしく、ひとりほっと胸を撫で下ろした。

それでも胸の高鳴りは止まらない。それはチェックインを終えた悠介が「行こう」と促してくれた時も、エレベーターで上階へ上がっている時もひっきりなしに内側からほたるを煽った。

――どうしよう。これじゃ、期待してるみたいで……。

そう思っただけで頬が熱くなる。

落ち着いてと何度も自分に言い聞かせたものの、部屋に入った途端、目に飛びこんできたベッドにまたも心臓が大きく跳ねた。

アイボリーとグレイッシュブルーを基調に、落ち着いたトーンでまとめられた室内。

リネンは白で統一され、ふんわりと整えられた枕がふたつずつ並んでいる。足元にはオットマンが置かれ、その下には焦げ茶色の絨毯《じゅうたん》が敷かれていた。

まるで別世界に来たみたいだ。

これまで暮らしてきた環境とあまりに違うことに驚き、立ち尽くしていると、すぐ隣からくすりと笑い声が落ちてきた。

「気に入ったか」

「はい」

「そうか。よかった」

ごく自然に肩を引き寄せられ、髪にキスが落とされる。

「寒かっただろう。風呂であたたまって来るといい」

「あの、それなら悠介さんがお先に……」

「おまえが先だ。ほら、頬だってこんなに冷たいままで」

両側から頬を包まれて、そのあたたかさに思わずほうっと吐息が洩れた。

「風邪を引かせるわけにはいかない。ゆっくりあたたまっておいで」

そう言って脱いだコートと引き替えにドレッシングルームに押しこまれる。こうなってまで頑なに遠慮するのも気が引けて、ほたるはありがたく先に使わせてもらうことにした。

壁に据えられた大きな鏡の前には大理石の洗面ボウル。ガラス板で仕切られた向こうにはシャワーヘッドと、ゆったりしたジャグジータイプのバスタブが見える。よく磨かれた鏡に映る自分は頬を上気させ、これまで見たこともないような顔をしていた。

思ったことが顔に出やすいのは自覚していたけれど、ここまでだとは……。

苦笑しながら手早く服を脱いでいく。淡いグレーのセーターを脱ぎ、アンダーウェアも取ってしまうと、鏡には白くほっそりとした上半身が映し出された。

どこからどう見ても男の身体だ。女性のようなやわらかさはないけれど、堅く引き締まった筋肉もない。昔はこの華奢な身体が嫌いだった。男女どちらでもないような居心地の悪ささえ感じていた。

でも、今は違う。

こんな自分でも愛していると言ってくれた人がいるから。だからもし、悠介が求めてくれるなら、よろこんでこの身を差し出したい。そして自分も彼を感じたかった。

「……あ」

また、いけないことを考えてしまった。

我に返った途端くしゃみまで飛び出してきて、ほたるは慌ててシャワーブースへと飛びこんだ。

そんなに冷えた自覚はなかったけれど、熱い湯を浴びると自分がどれだけ身体を強張らせていたかがわかる。全身をざっと流してからていねいに髪と身体を洗った。

バスマットをなるべく濡らさないように端の方に立ち、手早く身体を拭く。

そういえば鞄を部屋に置いたままだったことを思い出し、しかたなしに置いてあったバスローブを身につけた。

「スースーする……」

足元がなんともおぼつかない。それ以上に、こんな格好で悠介の前に出なければいけないなんて申し訳なかった。バスタオルと脱いだものをまとめ、せめて少しでも見苦しくないようにと胸に抱える。

意を決して部屋に戻ると、悠介は窓際のソファに座って外を見ていた。

ほたるに気づいてこちらを向いた彼が、一瞬言葉を呑んだのがここからでもわかる。

「あの…、すみませんこんな格好で。その、き、着替えを忘れて……」

しどろもどろに言い訳をしているうちに、悠介が大股で部屋を横切ってきた。

「バスローブ姿ははじめて見たな。よく似合ってる」

「でもあの、すぐに着替えますから」

「どうしてだ。そのままでいい」

「え？」

どういう意味だろう。いくらなんでもみっともないだろうに。

ぱちぱちと瞬きをしていると、それを見た悠介がこらえきれないとばかりに小さく噴き出した。

「おまえはまったく……」

「あの」

「わかってる。無自覚なんだよな。だが、それで俺が煽られてるってことにも気づいてくれ」

「え？　え？」

「誘ってくれたのかと思ったんだが」

「……！」

耳元で低く囁かれ、思わず息を詰めた。たちまち頰が熱くなるのが自分でもわかる。思ったことがすべて顔に出ていたんだろう、またも悠介にくすくすと笑われてしまった。

「悪かった。からかったわけじゃない。うれしかったんだ」

片手を回され、そっと肩口に引き寄せられる。

「俺が出てくるまで、そのまま待っていてくれるか」

「あ……」

「次は、俺から誘うから」

額にキスが落とされたかと思うと、するりと腕が解かれ、気がついた時には悠介はバスルームに消えていた。

無意識のうちに額に手を伸ばしてキスの余韻を追いかけたほたるは、我に返るなり今度こそ盛大に赤面する。鏡を見なくても自分が真っ赤になっているだろうことはなんとなくわかった。

「さ、誘うって……」

それがどういう意味か、わからないほど子供ではない。ドキドキと胸が高鳴り、じっとしているとおかしな気分になってしまいそうだ。

こんな時、どうしていればいいかわからず、とりあえず脱いだものをていねいに畳んで鞄にしまう。コートは悠介がハンガーにかけておいてくれたらしく、脱いだ靴もきちんとクロークに収まっていた。

こうなるともう、やることがもうない。

先にベッドに入っていようかとも思ったが、待ちきれないと言っているようなものかもしれないと思い直してやめた。かと言って立っているのも手持ち無沙汰だし、歩き回るのもなんだか変だ。それならとベッドに腰かけてみたものの、位置的にシャワーの音が耳に入ってさらに落ち着かない気分にさせられた。

ああでもない、こうでもないとやった挙げ句、先ほど悠介が座っていた窓際のソファに落ち着く。

薄いカーテンの間からは、たくさんのビルが見えた。

ほたるは息を詰め、刻一刻と暗くなっていく空をじっと見つめる。叶家を後にしてからも、毎日のように空を見上げては悠介のことを思ってきた。

お元気ですか。お変わりありませんか。お仕事はいかがですか。お疲れの出ませんように――。

そんな言葉を何度も何度も心の中でくり返しながら。

けれど、それももう終わる。これからは冬の空を見上げても寂しく思うことはないだろう。

「なにを見てた？」

不意に、ふわりと後ろから抱き締められた。

「悠介さん」

「どうした、びっくりした顔をして。気づかなかったのか？」

「すみません。ちょっと考えごとをしていて……」

窓に映った悠介の顔がわずかに曇る。

「そんなに悩むぐらいなら無理しなくていい。心の準備も必要だろう」

どうやら誤解されているらしいとわかり、ほたるは慌てて首をふった。

「こうして毎日空を見てたなって思い出していたんです。悠介さんのことばかり考えて……」

「ほたる」

抱き締める腕に力がこもる。

「俺も、おまえのことばかり考えていた。どれだけ自分を責めたかわからない」

「悠介さんのせいじゃありません。それに、今はもうこうして傍にいてくださいます」

「今だけじゃない。これからずっとだ」

「はい。ずっと……」

頤《おとがい》を掬われ、そっと後ろを向かされる。顎を仰け反らせるようにして悠介の唇を受け止めた。

「ん……」

しっとりとした唇が触れては離れ、離れては触れながら少しずつ強く押し当てられる。やんわりと下唇を食まれたかと思えばやさしく吸われ、形を確かめるように舌でなぞられて、思わず肩がビクリと跳ねた。

恥ずかしい。でも、やめてほしくない。

――もっと……。

ねだるように悠介の腕に手を添える。

するとすぐさま身体を反転させられ、逞しい胸に抱きこまれた。

「ん、んっ……」

正面から唇を重ねられ、熱い舌に歯列を割られて、甘えたような声が洩れる。それが恥ずかしくてしかたないのに、甘露《かんろ》のような心地よさに浸されて我慢することができなかった。

「ん……ん、……は、ぁ、……ぁ……」

唆されるまま、ほたるもおずおずと熱い舌に自分のものを絡める。ざらついた表面を擦り合わされ、ぬるぬるとやさしく愛撫されて、ズクン……と覚えのある衝動が自身に伝った。

「お…っと」

足の力が抜けたほたるを、逞しい腕が抱き留めてくれる。

「ベッドに行こうか」

囁きに羞恥をこらえてこくんと頷くと、あろうことか、あっという間に横抱きにされた。

「ゆ、悠介さん?」

「だって歩けないだろう?」

大人びた含み笑いとともにキスを落とされる。たっぷり時間をかけて部屋を横断した悠介は、二台あるベッドのどちらを使うかまでほたるに訊ねては赤面させた。

そっと寝台に下ろされ、そのまま覆い被さってくる悠介を迎える。少しも離れていたくないという気持ちをわかち合うようにキスが再開され、寝具の冷たさなどすぐにわからなくなった。

あたたかくて大きな手に前髪を搔き上げられ、露わになった肌の上に濡れた唇が落とされていく。額、瞼、こめかみと、触れられたところから悠介の想いが吹きこまれてくるようだった。

「ん……」

気持ちよさにうっとりとなる。

「ほたる」

触れるだけのキスに目を開くと、情愛をたたえた目で悠介がこちらを見下ろしていた。

終わりにしたいと告げた時のヒリヒリとした視線ではない。愛し愛されるよろこびを知った、期待に満ちた眼差しだった。

「おまえがほしい」

そう言って、右手を胸に当てられる。

彼の言わんとしていることを察し、ほたるはこくりと咽喉《いんこう》を下げた。

はじめて身体を重ねた時は、女物の寝間着を脱げなかった。同性の裸体を晒して悠介を失望させたくなかったからだ。

けれど、今は。

自分のありのままを差し出したい。薄い胸も、熱を帯びた下肢も、全部そのまま受け止めてほしい。

ほんとうはまだ少し恐くもあったけれど、ほたるは思いきって自らバスローブの紐に手を伸ばした。

「がっかりしないでくださいね」

そっと紐を解き、ふるえる手で袷《あわせ》を左右に開く。そうして生まれたままの姿でまっすぐ悠介の目を見上げた。

「悠介さん。……これが、ぼくです」

悠介は眉間に皺を寄せ、まるで泣くのをこらえるようにぐっと唇を引き結ぶ。小刻みに揺れる双眸から、様々な思いが去来しているだろうことが手に取るようにわかった。

喉仏が大きく上下する。

ゆっくりと息を吸いこんだ悠介は、ややあってほたるの胸にそっと額を押し当ててきた。

「ありがとう」

身体の下に腕が回され、ぎゅうっと強く抱き締められる。胸に顔を埋めたまま何度も「ありがとう」をくり返す悠介を、ほたるもまた力いっぱい抱き返した。

「お礼を言うのは、ぼくの方です」

今なら痛いほどわかる。自分はずっとこうしたかったんだと。なにも隠すことなく、偽ることなく、ただありのまま、あるがまま、すべてを悠介に知ってほしかったんだとようやくわかった。

「受け入れてくださって、うれしいです」

悠介は身体の両脇に肘を突き、まっすぐにこちらを見下ろしてくる。愛欲を隠しもしない一途な眼差しに灼かれ、胸の奥が熱くなった。

「おまえの全部を愛したい。心も、身体も、残らずすべてだ」

「悠介さん……」

誓いのキスさながら触れてはすぐに離れた唇を追いかけて、ほたるからもキスを返す。それが合図だったかのように再び熱い舌が口内にもぐりこんできた。

「ん……んぅ……っ」

舌を絡められ、歯列を辿られ、頬の内側までも舐められる。口蓋の裏を舌先で愛され、ぞくぞくとしたものが下肢へと落ちた。

肌を確かめるように薄い胸に触れられ、思わず肩がビクンと揺れる。手のひら全体を使って何度か撫で回されているうちに、むず痒いような、くすぐったいような、不思議な感覚が湧き起こった。

「んっ」

存在を主張しはじめた尖りを、親指で抉るようにされて声が洩れる。

「なに……、ぁっ」

「かわいいよ」

耳元で低い声に囁かれ、さらにビクビクと肩がふるえた。

そうしている間にも親指と人差し指で尖りを摘まれ、捏ねられて、強すぎる快感にほたるはいやいやと首をふる。

「悠介、さ…っ、ま……待って、っ……」

だって、胸に触れられてこんなふうになるなんて想像もしたことがなかった。着替えている時も、風呂で身体を洗っている時も、自分が触れてもなにも思わなかったのに。

「あ、あ、……ぁんっ……」

片方を指で弄られ、もう片方にはくちづけられて、頭がおかしくなりそうだ。ちゅっちゅっと唇で吸われ、舌でやさしく舐め転がされて、もうじっとしていることなんてできなかった。

「悠介さ…、あっ、だめ、っ……それ、だめ…です……っ」

「嫌か？」

「んんっ……そ、こで……喋らなっ……」

触れられたところから悠介の声が染みこんでくるようだ。しとどに濡れた花芽はわずかな刺激にも敏感に反応し、見る間に色を濃くしていった。

「かわいいな、ほたる。桜色だったのがもう熟《う》れた」

「や、ぁ……」

「そんな顔をするな。おまえがかわいくてしかたないんだ」

「だ、だって」

悠介に触れられていると思うだけでおかしいくらいに感じてしまう。こんなに淫らで呆れられないだろうか。

昂奮と不安の入り交じった目で悠介を見上げる。

けれど、ほたるの心配などお見通しだったのだろう。悠介が「困ったやつだな」と眉を下げた。

「おまえが気持ちよさそうにしてくれると俺もうれしい」

「でも」

「おまえの感じてる顔が見たい。もっともっと蕩かしてやりたいんだ」

「悠介さん」

「愛してる……」

熱を帯びて掠れた声。重ねられた唇から悠介の想いがじんわりと染みこんでくるようだった。

それはいつしか血液に乗って全身に巡り、内側からもほたるを昂らせていく。左右の尖りを指で擦られ、挟むようにくり出されて、次第にじっとしていられないほどジンジンと疼きはじめた。

音を立ててキスを落とされ、そうかと思うと、もう片方も舌も露わに舐め上げられる。触れられなかった一度目の分までというように執拗な愛撫を施され、今や息を吹きかけられるだけでも恐いほど感じた。

尖りにやさしく歯を立てられ、甘噛みされて、ビリッと電気のようなものが背筋を伝う。

「んんっ、は、ぁ……んっ……」

まだ一度も触れられていないにも拘わらず、立てた膝の間で花芯はゆるやかに兆しつつあった。いけないことだとわかっているのにもどかしげに腰が揺れてしまう。身をくねらせるほたるを味わうように、大きな手が脇腹から腰、そして足のつけ根へと流れるように落ちていった。

太股を撫で上げた両手にそっと力を入れられ、膝を割られる。足の間に身体を割りこませた悠介がごくりと喉を鳴らすのが聞こえた。

「感じてくれてたんだな」

「悠介さんに、触ってもらった、から……」

「おまえはそうやって殺し文句をさらっと言う。これでも我慢してるんだぞ」

なぜか悠介は苦笑している。

どういう意味だろうと思ったものの、問う間もなく自身に手を伸ばされ、やさしく包みこまれて、それ以上なにも言えなくなった。

――悠介さんが、ぼくを……。

同性の象徴を見ても引くどころか、自らそんなふうに触れてくれるなんて。うれしくてうれしくてますます漲《みなぎ》っていくのがわかる。節くれ立った手がゆっくりと幹を擦りはじめると、それに合わせて淫らに腰が揺れた。

「あ…、はぁっ……あっ……」

恥ずかしいのに止められない。身をふるわせ喘ぐことしかできない。そうしている間にもほたる自身は悠介の手技をよろこぶように堅く張り詰めていった。

はじめての、自分以外の手の感触。

それが悠介が与えてくれているのだと思うと今にも気を遣ってしまいそうになる。括れをなぞられ、張り出した先端を指の腹でやさしく揉まれて、とうとう覚えのある感覚がやって来た。

「もう……悠介、さんっ……」

「このまま達《い》っていい」

「手、離し…、んっ……汚れ、ちゃい…ます……からっ」

だめだめと首をふっても悠介は手を離そうとしない。

それどころか、ますます動きを大胆にしてほたるを波へと押し上げる。先端から滲んだ透明の滴が幹へと伝い、悠介の手の動きに合わせて淫らな音を立てた。

「あんっ、ん、ん、……だめ、だめっ……」

身体がふわっと浮いたような感覚に陥り、息が止まる。身体が痺れる。頭の中が真っ白になる。

「っ――……」

ビクンと身をふるわせてほたるは勢いよく吐精した。

あまりに感じ入っていたせいだろうか。束の間意識が飛んでいたと気づいたのは、悠介に呼ばれてからだった。

「大丈夫か」

そっと前髪を掻き上げられる。気遣わしげな眼差しに笑み返すと、悠介はようやく安心したように息を吐いた。

「急にしすぎたな。ごめんな」

「い、いいえ……」

「気持ちよかったか」

ストレートに訊ねられ、途端に羞恥心が甦る。それでも、ありのままを伝えたいからと思いきって頷くと、悠介は「そうか」と相好を崩した。

「たくさん出たな。自分ではしなかったのか」

「え？」

視線を辿ると、自分が放ったものが腹はおろか、胸のあたりまで飛んでいるのが目に入る。

「こ、こ、これは、そのっ……」

あまりの光景に別の意味で意識が飛びそうだ。慌ててバスタオルで拭こうとしたものの、それより早く悠介にぺろりと舐められてしまった。

「……っ」

「はじめて舐めたが、苦いんだな」

「ゆ、悠介さん！」

思わずクラッとなった。

「だめです、そんなことしちゃ」

「だっておまえのだ」

「それなら、ぼ、ぼくだって……」

彼の快楽を育てたい。うまくできるかわからないけれど、一生懸命やらせてほしい。

思いきって身体を起こそうとすると、悠介は苦笑でそれを制した。

「もう充分な状態にしてもらった」

「え？」

「おまえを見てるだけでこうだ」

右手を取られ、そっと悠介の下肢に導かれる。そこには、自分とは比べものにならないような熱く堅いものがバスローブ越しに感じられた。

「触っても、いいですか」

「ほたる？」

「あっ、あの……はしたなかった、ですか。すみません……」

自分から「触りたい」だなんて口にしてはいけなかったのかもしれない。どうしようと目を泳がせていると、ややあって小さな含み笑いが降ってきた。

「気を遣うことはないんだぞ」

「違います。ぼくが、悠介さんに触れたくて……。でも、あの…、そういうのはよくないんだったら我儘は言いません」

「まったく、おまえは……」

悠介はしょうがないなというように目を細めてみせた後で、バスローブの袷から自身を取り出して触れさせてくれた。

「おっきい……」

ずっしりとした質量につい独り言が洩れる。色は浅黒く隆々としていて、張り出したエラも長さも自分とはまるで違っていた。

――これが、悠介さん……。

思わずこくりと喉を鳴らす。

「ぼくも、して……、いいですか」

少しでも気持ちよくなってもらえたらと、さっきやってもらったことを思い出しながらそろそろと手を動かす。夢中で張り詰めた幹を育てていると、不意に後ろの窄まりに悠介の手が伸びてきた。

「あっ……」

ぬるぬるとぬかるむのは自分が放った残滓だろうか。悠介の指が円を描くようにして蕾をあやし、刺激を馴染ませていく。これからされることを思ってはしたなくも腰が揺れた。

「あ……ん、ん……っ」

今は悠介を気持ちよくしたいのに、少しずつ潜りこんでくる指に意識が持っていかれてしまう。

ぬくっ、ぬくっと出し入れされ、指をひっかけるようにして敏感なところをくすぐられて、内壁はよろこぶように蠢動《しゅんどう》をはじめた。

やがて隘路をこじ開けて節くれ立った指が挿ってくる。ついさっきほたる自身を導いてくれた手が今度は自分の中にいる。そう思った瞬間、悠介の指を食み締めるように壁は収縮をくり返した。

「あ、あ、……あぁっ……」

抜かれそうになるのを引き留め、挿れられるのを受け止めながら、どんどん奥に引きこんでいく。そんな自分の身体にほたる自身でさえ翻弄された。

「……すごいな」

思わず、というように悠介がひとりごちる。

一本だった指を二本に増やされ、さらに三本まとめられても蠢動はちっとも治まらない。それどころかもっともっとというように彼を甘く食み続けた。

「ほたる、すまない。我慢できない」

ゆっくりと指が抜かれる。

だからほたるもまた、想いを伝えるように両手を伸ばした。

「ぼくも、ですから……」

覆い被さってきた悠介の耳元に唇を寄せ、思いきって打ちあける。

悠介はなにかをこらえるように小さく呻いた後で、荒々しいキスでそれに応えた。

両足を大きく開かされ、胸につくほど折りたたまれる。秘所をさらけ出しているのかと思うと恥ずかしくてたまらなかったけれど、後孔に熱いものを押し当てられ、先走りを広げるように擦りつけられて、すぐに羞恥なんて吹き飛んだ。

「挿れるぞ」

低い声とともにグイと腰を突き入れられる。痛みを感じたのは最初だけで、張り出した先端を呑みこんでしまうと後はもう一息だった。

「ああぁっ……」

自分が悠介で満たされていく。一部の隙もないほど埋めこまれていく。

何度か抽挿をくり返しながら最奥に届く頃にはすっかり息も上がっていた。

——悠介さんが、ぼくの中に……。

それをこれ以上ないほど実感し、じわじわと胸が熱くなる。

「ちゃんと、ひとつになれたな」

「悠介さん……」

自分も今、同じことを考えていた。

そっと伝えると、悠介は目元を甘く蕩かせた。

「それなら、我儘を言ってもいいか」

「我儘？」

「恋人だって言わせてくれ。おまえがそうであるように、俺もおまえのたったひとりだって」

「……っ」

うれしさのあまり胸がふるえる。鼻の奥がツンと痛くなる。昂る気持ちを深呼吸して落ち着けると、ほたるはまっすぐに悠介を見上げた。

「悠介さんはかけがえのない、ぼくのたったひとりです。ぼくからも恋人って言わせてください」

「ありがとう。おまえを好きになってよかった」

溶け合うようなくちづけとともに、ゆっくりと時間をかけた抽挿がはじまる。角度を変えて穿たれるたびにくぐもった嬌声が甘いキスに呑みこまれていった。

恋人として抱き合っているんだ。

自分たちの意志で選んでるんだ。

何度も心の中で反芻《はんすう》する。もう辛かったことなんて思い出せない。しあわせな記憶で塗り直されて、ここに至るすべてが輝いて見えた。

悠介さんに出会えてよかった。

悠介さんを好きになってよかった。

胸がいっぱいになり、知らぬ間に涙がこぼれる。

「……うっ、……ふ、……っ」

唇を離した悠介に涙の粒をそっと吸われ、目元にもやさしくくちづけられた。

「辛いか」

ほたるはゆっくり首をふる。

「どうしようもないほど、しあわせです」

「俺もだ」

想いを共有できることがうれしくて、腕を伸ばして悠介をぎゅっと抱き締める。ほたるをしっかり抱き返すと、悠介はともに高みを目指すべく激しく律動を再開した。

遮二無二貪られることがこんなにもうれしい。自分をほしがってくれることが、自分から求めることを受け入れてくれることがたまらなくうれしい。

その感覚を追いかけているうちに、ほたる自身もまた堅く兆した。

「ふ、っ……」

悠介は絶頂が近いのか、押し殺したような吐息を洩らす。その低く熱っぽいため息にさえ煽られているると知ったら彼はなんて言うだろう。

「ほたる」

掠れた声で名を呼ばれ、ぞくっとなった。

それと同時にいい箇所を抉られ、たちまち自身が熱く漲る。熱塊を根元まで深く押しこんだまま、腰を回すようにして最奥を突かれるとひとたまりもなかった。

「あぁっ……あ、……ぁっ……」

もうすぐくる。もうすぐ。またあの波に押し上げられる。

悠介自身もこれ以上なく膨らみ、今まさに中で爆《は》ぜようとしていた。

悠介に濡らされることを想像しただけで期待と昂奮に中がうねる。それに抗うようにして荒々しく腰を使われ、強引に最奥を抉られて、ほたるは身も世もなく悶えるしかなかった。

「悠介、さ……、ゆう、すけ……さん……ぁ、……っ」

いよいよ頭に靄がかかる。飛ぶことしかわからなくなる。

一際強く突き入れられた瞬間、ほたるは触れられないまま再び達した。

「——……っ」

「くっ……」

びくびくと跳ねる身体の一番奥に熱い奔流を注がれる。互いの情愛の徴《しるし》こそ、それぞれが身も心も相手のものになった証だ。

うまく整わない呼吸の中、引き合うように唇を重ねた。

「愛してる……。ありがとう、ほたる」

「ぼくもです。悠介さん」

もうなにもいらない。なにも望まない。愛しい人がいてくれれば、それだけで。

言葉にできないほどのしあわせを胸に、ほたるは愛しい相手にすべてを委ねた。

＊

翌朝、まだ明けやらぬうちに目が覚めた。

実家でも叶家でも、そして束の間暮らした老夫婦の家でも朝は早かったから習慣のようなものだ。起きようかとも思ったけれど、隣で眠っている悠介を起こしてしまっては……と、もう少しだけこのままでいることにした。

こうして寝顔を見るのははじめてだ。最初に身体を重ねた時は、家の人たちに気づかれないように朝までは一緒にいられなかったから。

それを今は間近にできる。端整な顔立ちがカーテンの隙間から洩れる朝日に照らされて、とても神聖なものに思えた。

どんなに見つめても見飽きることがない。瞬きするごとに、これは夢じゃないんだ、現実なんだとしあわせを嚙み締めた。

昨日の余韻がまだ身体中に残っている。

身も心も悠介のものになった。彼の愛情で満たされた。互いの境界線なんてなくなってしまったと思うほどの深い情交に、悠介との愛と、出会えたことへの感謝、そして自分たちがこの世に生まれた奇跡を思った。

たくさんのものを乗り越えなければいけない人生だった。失ったものも、我慢したものも多くある。

でも、悠介さんと出会えたから。

彼を愛し、彼に愛され、しあわせになることができたから。

——必ずおまえをしあわせにする。

悠介の言葉が甦る。

「もう、なってます……」

そっと呟いた声に涙が混じった。

昨日から泣きっぱなしだ。こんなに己の感情を表に出すことなんてなかったのに、ようやく想いが通じ合ったうれしさで涙腺が壊れてしまったのかもしれない。

「悠介さん」

愛しい名を唇に載せる。それだけでこんなにも満たされる。

あぁ、この気持ちを彼にどう伝えたらいいんだろう。名前を呼んだだけで胸の奥がじわじわと熱くなるような、鼻の奥がツンと痛くなるような、言葉にならないほどの幸福感に包まれるなんて。

気をゆるめるとそのまま泣いてしまいそうで、ほたるは小さく洟を啜る。それでもこらえきれないあたたかな涙がつうっと一筋頬を伝い、やわらかな枕に吸いこまれていった。

——こんなふうに泣ける日がくるなんて……。

悠介に見つかる前に涙の跡を拭おうと、わずかに身動いだ時だった。

「……泣いてるのか」

悠介がふっと目を開ける。伸びてきた手に目元を拭われ、やさしく唇で涙を吸われた。

「どこか痛むか」

「大丈夫です。ごめんなさい、驚かせて」

ほたるからも手を伸ばす。広い胸に抱き寄せられた身体は昨夜の情事を経てしっくりと馴染んだ。まるで、分かたれていたものがようやくひとつになったように。

「しあわせだなって、思っていたんです」

「俺もだ」

「悠介さんも？」

「目が覚めたら隣におまえがいて、俺の名を呼んでくれた。これ以上しあわせなことなんてない」

ちゅっと音を立てて額にキスが落とされる。

「おはよう、ほたる」

「おはようございます。悠介さん」

今度は唇にも。

微笑みながら身体を起こした悠介は、冬の朝に身体が冷えてしまわぬよう暖房を少し強めた後で、そのままサイドボードに凭れかかった。

「おまえに話しておきたいことがあるんだ。聞いてくれるか」

「はい」

大切な話ならとほたるも身を起こす。

悠介は少し間を置いた後で、静かに口を開いた。

「おまえを家に連れて帰ろうと思う」

両親に自分たちのことを話すという。許嫁同士ではなく、ひとりの人間として、ともに在ることを決めたのだと。

「それなら、先にお詫びをさせてください」

なにはなくともそれを思った。

自分たちは家と家との関係からはじまった。自分は与えられた役目を全うできなかったのだから、まずはそのことについて許しを乞うところからやり直さなければ。

けれど悠介は静かに首をふった。

「それは俺の役目だ」

「悠介さん」

「俺が、許嫁の解消を願い出た。だからおまえが責任を感じる必要はない」

「でも」

それでは宗哲たちに申し訳が立たない。おいそれとは戻れない。

懸命に訴えると、悠介は確かめるようにほたるの手を取った。

「俺が両親に話をする時におまえもいるか。……だが正直、きつい言葉が出るかもしれない。それを横で聞かせてしまうことになる。それでもおまえは、こらえてくれるか」

真剣な眼差し。それに少しでも応えたくて、悠介の手を強く握り返した。

「ぼくなら大丈夫です。当然のことだと思っています」

矢のような叱責も覚悟の上だ。それでも自分には彼が必要だった。

「悠介さんと一緒にいられるならなにも恐くありません。これから先、たとえどんなことがあっても悠介さんを信じます。辛いことも、うれしいことも、全部ふたりでわけ合いたいです」

「ほたる……」

悠介が噛み締めるように眉間を寄せる。繋いでいた手が離れたと思う間もなく、あたたかな胸に抱き寄せられた。

「おまえはいつも俺のほしい言葉をくれる。おまえといるだけで勇気づけられるのがわかるんだ」

「悠介さん……」

「おまえがそこまで覚悟を決めていてくれたとわかってうれしかった。これからは、俺たちの人生をふたりで考えていこう」

少しだけ身体が離され、まっすぐに見つめられる。

「俺は、おまえが人生を預けられる相手で在り続ける。約束する」

「ぼくも、お約束します」

これからは悠介とともに在る。悠介だけのために在るのだ。

唇が近づいてくるのを歓喜とともに受け止める。

厳かな誓いのキスに胸をふるわせながら、ほたるは静かに瞼を閉じた。

ホテルを出たふたりは途中で軽く食事を摂り、叶家へと戻った。

茅葺き屋根の門を潜ると、すぐに懐かしい景色が目の前に広がる。広々とした庭はところどころに雪を残し、静謐な美しさに満ちていた。

この時期は枝葉に積もった雪を落としたり、溶けた雪で足元を汚さぬようこまめに飛び石を拭いたりと、目に見えない気遣いが必要になる。それを教えてくれたのはこの家で姉と慕った人だった。

元気にしているだろうかと懐かしく思いながら悠介に続いて飛び石を踏み締めた時だ。

声がしたような気がして顔を上げると、綾乃が廊下を走ってくるのが見えた。家の中で走るなんて後で文に怒られるだろうに、取るものとりあえずとばかり駆けてきてくれるその気持ちがうれしくて、ついつい頬が綻んだ。

「悠介さん、お帰りなさい。ほたるくんも……」

玄関を開けて出迎えてくれた綾乃にふたり揃って頭を下げる。

「ただいま帰りました」

「お久しぶりです。綾乃さん」

綾乃はふたりを交互に見上げ、ほっとしたように息を吐いた。

「帰ってきたんだね、ほたるくん。仲直りできたんだね」

「はい」

「ご心配をおかけしました。もう、なにがあっても離しません」

悠介が代わりに宣言する。

その表情から察したのだろう。綾乃はそれ以上深くは訊かず、すぐにふたりを中に通した。

ほんの数ヶ月前まで毎日行き来していた木の廊下。

夏場はここを乾拭きするだけで汗が噴き出したものだった。今は雑巾を絞る水も冷たく大変なことだろう。よく磨かれた梁や柱を見るにつけ、この家が重ねてきた長い年月を、そして自分がいたほんのわずかな時間のことを思わずにはいられなかった。

悠介は両親の部屋の前で立ち止まり、襖に向かって正座をする。

ほたるもそれに倣って横についた。

「お父さん、悠介です。お話があります。入ってもよろしいですか」

「あぁ」

短い応えを受けて悠介が静かに襖を開ける。先に入った彼が肩越しにふり返り、後に続くようにとほたるに目で促した。

室内は暖房が効いてあたたかいにも拘わらず、緊張のせいでどこかひんやりとも感じられる。

宗哲はほたるを一瞥し、それから悠介に視線を戻した。なぜ元許嫁を連れてきたのかと問うような目だ。

悠介はほたるを伴って宗哲の正面に座り直すと、臆することなく父親の目を見つめ返した。

「しきたりとしてではなく、生涯の伴侶として、ほたるを迎えたいと思っています」

単刀直入な言葉に宗哲が目を瞠る。ごくりと咽喉を下げる音が少し離れたほたるにも聞こえた。

「どういう意味だ。形だけのものだと理解していると思っていたが」

「はじめはそのつもりでした。一年が過ぎたらお互いもとの生活に戻ると……。けれど、その前に自分の気持ちが変わったんです。一緒に生活しているうちに、そして手放してしまってからはさらに、ほたるを愛するようになりました。生涯をともにしたいと考えています」

「おかしなことを言う。男同士で結婚など」

「法律で認められないことはわかっています。ですが、人生をともに歩く相手として俺はほたるを、ほたるは俺を選びました。これからはふたりで力を合わせて生きていきたいと思っています。それをご報告したくて連れてきました」

「勝手なことを言っているとわかっているのか。なんのためにおまえを育てたと思っている」

「叶家の次男として、家を盛り立てるためだと思っています。本家家元を継ぐ宗介をこれからも支えていくために、そして宗介がそうしたように、俺にも伴侶が必要なんです」

「その相手がこれか」

宗哲がこちらに胡乱な目を向けてくる。

「とても許せる話ではない。頭を冷やして来い」

「お父さん」

悠介が畳の上に膝立ちになった。

これまでの自分なら、しかたないと諦めたかもしれない。我儘を言う資格はなかった、許されないことだったのだと、はじめからなかったことにしたかもしれない。

でも、今は違う。

悠介とふたりで生きると決めた。今ここでありったけの誠意を伝えなければと、ほたるは畳を半畳躙《にじ》って前に出た。

「宗哲様」

畳に鼻先がつかんばかりに頭を下げる。

「この家に来て、皆様からのご指導をいただいて、自分がいかに未熟者であったかを痛感しました。ですが、叶の家を大切に思う気持ちに嘘はありません。悠介さんを想う気持ちも誰にも負けません。一日も早くお家のお役に立てるよう、そして悠介さんのお力になれるよう、精いっぱい努めさせていただきます。どうかお許しください」

夢中だった。

どうかわかってもらえますようにと祈るような気持ちで返事を待つ。沈黙は五分にも、十分にも続くように思えた。

「……それは、親のためか」

ぽつりと落とされた言葉に頭を上げる。

宗哲はどこか苦いものを噛み締めるような表情で自分を見ていた。

「六条に、そう言うように言われて悠介を惑わせたのではないか」

「お父さん！」

悠介が強い口調で割って入る。

「ほたるを悪く言わないでください。俺は自分の意志で彼を選びました。支度金という名の援助で縛られていたと知る前のことです。……ほたるは最後まで、俺に話しませんでしたから」

宗哲は驚きに目を瞠った。

「知っていたのではなかったのか」

「ほたるはそんな人間ではありません。お父さんだってご覧になっていたでしょう。彼がどんなに献身的にこの家に尽くしてくれていたか」

「…………」

悠介がほたるの真横に並ぶ。

息を詰めていた宗哲は、ややあって長いため息をついた。

「確かにそうかもしれんな。しきたりを全うせんとばかり、男でありながら花嫁修業など……」

「い、いいえ」

気づいた時には声を上げていた。

「宗哲様は男の許嫁をお許しになり、結婚できない身を承知の上で支度金をご用意くださいました。お恥ずかしい話ですが、六条の家計には余裕がありません。いただいたお金でなんとか事業を続けていられる状態です。そんな家をお助けくださった宗哲様には感謝の言葉もありません」

一息に告げて再び畳に額ずくと、しばらくして呟くような声が落ちた。

「なぜ、そこまで己を犠牲にできる。六条がおまえを跡継ぎにしないと知っていて」

「ぼくを生み育ててくれたのは両親です。家の仕事を継げないぼくでも、少しでも役に立てることがあるならと……」

「男の許嫁となってもか」

「はい」

きっぱりと目を見て答える。

宗哲は息を吞み、わずかに目を細めた後で、ゆっくりと息を吐き出した。

「私は、おまえを誤解していたかもしれない」

その眼差しには、先ほどまではなかったおだやかさが浮かんでいる。

「おまえを道具のように扱った私を恨んだとておかしくないものを」

「と、とんでもないことです。宗哲様は悠介さんとも出会わせてくださいました。ただ感謝するばかりです」

宗哲の手が伸びてきて、そっとほたるの肩に触れた。

「おまえは、心根のきれいな人間なのだな」

「宗哲様……」

――――そんなふうに言ってもらえるなんて。

過分な言葉に恐縮しながら悠介を見ると、目で応えた彼はまっすぐ父親に向き直った。

「俺はほたるの誠実さに、相手を思いやることのできるやさしさに惹かれました。それは茶の心にも通じるものだと思っています」

「そうか」

「お許し、いただけますか」

ほたるも一緒になって返事を待つ。

ふたりの顔を交互に見た宗哲は大きく深呼吸をし、やがてひとつ頷いた。

「わかった」

「ありがとうございます。ほたるのご両親にもすぐに話をします」

揃って頭を下げた後、悠介と顔を見合わせる。眼差しから彼の思いが伝わってきて、ほたるもまた目でそれに応えた。

とうとう、主の許しを得た――――。

ここが宗哲の前でなければわぁっと声を上げたいくらいだ。それでも最後まで失礼のないように、ていねいに一礼して部屋を辞す。廊下を歩く足取りがだいぶ軽くなっているのが自分でもわかった。

やはり、相当緊張していたんだろう。

悠介の部屋に戻るなり、思わず「ふぅ……」と息が洩れた。

「疲れたな」

それを見た悠介が苦笑を浮かべる。

「悠介さんもお疲れさまでした。すごく緊張してしまいました」

「だが、よく言ってくれた。ありがとう」

そっと抱き寄せてくれる悠介に、ほたるもまた腕を回して労った。

たくさん話したいことがあるのに、気持ちが昂っていてなにから話せばいいかわからない。

そう言うと、悠介も目を細めながら「俺もそうだ」と小さく笑った。

「とりあえず座ろう。おまえと決めたいことがたくさんある」

「はい」

畳の上に座布団を敷いて向かい合う。

悠介は「耳障りのいい話ではないが……」と前置きした後で、真剣な顔でこちらを見た。

「最初に言っておきたい。俺は自分の気持ちを恥じるつもりはないし、世間体のためにおまえのことをごまかすつもりも微塵もない。だが、形だけの許嫁の頃とはわけが違う。すべての人が理解してくれるとは限らないし、心ない言葉や態度が向けられることもあるだろう。俺は、そのことでおまえが傷ついてしまうのが恐い」

「悠介さん……」

端整な顔が我がことのように歪んでいく。それでも悠介は話すのをやめなかった。

「間違っても自分を否定してほしくないんだ。自分のせいで俺を巻きこんだなんて思わないでくれ。俺は、おまえが好きで、おまえと生きることを自分で選んだ。それだけは忘れないでいてほしい」

眼差しに熱が籠もる。彼の想いが目に見えるようで、瞬きをする時間さえ惜しく思えた。

「正式に公表するより早く、おまえとのことは分家にも伝わるだろう。本家家元という立場上、衆目監視に晒されることになる。だから訊きたい。……この家を出て、ふたりだけで暮らすこともできる。おまえはどうしたい？」

彼がどれだけ自分のことを考えてくれているか、痛いほどに伝わってくる。

だからこそ、ほたるはゆっくり首をふった。

「悠介さんはやさしすぎます。全部ぼくのことばかり……。ご自分だって、これからが大変なのに」

「おまえをしあわせにすると約束した」

「それならぼくだって約束しました。悠介さんに人生を預けてもらえる人間になるって。……ぼくは悠介さんが心配するほど弱くありません。だから大丈夫です」

悠介のおかげで、ありのまま愛し合えることのよろこびを知った。

だからこれからは、この恋を守るために自分は懸命になれるはずだ。希望を手放すことしか知らなかったあの頃とは違う。

思いをこめて見上げると、悠介は眩しいものを見るように目を細めた。

「おまえは、強くなったな」

「悠介さんのおかげです」

「それならこれからもここで暮らそう。部屋はどうする。今までどおり別々にするか」

「悠介さんさえよければ、その……一緒にいてもいいですか」

「もちろんだ。俺もできるだけおまえといたい」

差し当たってのことを確かめた後は、ほたるの当面の生活に必要なものをどうするか、住民票は、大学はと各方面に話が及ぶ。そのどれもが関係していることもあり、ほたるは思いきって家に電話をすることにした。

携帯電話は実家を出る時に取り上げられてしまっていたため、代わりに悠介にかけてもらう。

父親の利一が出たようで、本家からの電話にはじめは何事かと驚いていたようだったが、ほたるが代わるや「どういうことだ！」と怒鳴り声を上げた。

――どうしてだろう。昔はこの声がとても苦手だったのに。

長年自分を縛り続けていたものなのに、今はなぜか懐かしいと感じる。胸にこみ上げるのは自分を生み育ててくれたことへの感謝だった。

「お父さん。ぼくは、悠介さんと生きていきます」

きっぱりと告げると、電話の向こうで利一が息を呑む。

ほたるは続けてこれまでの経緯と、今後のことをできるだけ手短に説明した。

いつもなら息子が喋っていようと構わず割りこんでくる父親も、突然のことに虚を突かれたのか、罵倒すらせずにいる。茫然としたまま電話を替わった母親の美苑もいつにない息子の勢いに圧倒されているようだった。

これまでの自分は両親の機嫌を窺い、おずおずと喋ることしかできなかった。

でも、これからは違う。自分には自分の人生があり、かけがえのない大切な人もいる。それを守るためには腹を括ってでもやらなければならないことがあるのだ。

「嫁ぐってこと、なんだな……」

妻から電話を戻された利一が最後にぽつりと呟く。

あれだけほたるが女性に生まれなかったことを蔑み、女装して許嫁としてふるまうのを嗤った人が、どこか寂しそうに呟くのに後ろ髪引かれる思いがした。擬似的にであれ、娘を嫁に出すような気持ちになったんだろうか。

そうだったらいいな、と素直に思った。

自分には決してできないと思っていた親孝行ができたのなら、これ以上のことはない。近いうちにあらためて家に行くことを告げてほたるは通話を終わらせた。

その勢いで、先日まで世話になった親戚の家にもお礼の電話をする。

慌ただしく出てきてしまったことを詫び、もとの通り悠介と暮らす旨を伝えると、老夫婦はほたるが決めたことならとそれ以上は訊かず、あたたかく背中を押してくれた。

次々と報告を終え、ようやくのことで一息吐く。

「しばらくはバタバタするだろうが、あまり気負いすぎないようにな。もちろん俺も気をつけて見ているつもりだが」

悠介の忠告に「はい」と神妙に頷きつつも、すぐにくすぐったい気持ちが湧き起こって、ほたるは思わず頬をゆるめた。

「こういうことははじめてなので、なんだかふわふわしますね」

「いいものだな。みんなに、おまえが俺の伴侶だと自慢できる」

「悠介さんってば」

顔を見合わせて笑うふたりのもとに、廊下の向こうからなにやら足音が聞こえてくる。それはどんどん近づいてきたかと思うと部屋の前でぴたりと止まった。

「悠介。開けるぞ」

応えを待つ間もなく勢いよく襖が開けられる。立っていたのは宗介と綾乃だった。

「綾乃から聞いた」

その言葉に、宗介が言わんとすることを察する。……そうだ。自分たちにはもう一組、伝えておかなければいけない大切な人たちがいた。

目で頷き合った悠介が兄夫婦に向き直る。

「ほたるを伴侶とします。双方の両親にも話しました」

「ほんとうなんだな……」

今度は宗介と綾乃が顔を見合わせる番だった。

やはり抵抗があるだろうか。理解してもらうことはできるだろうか。

期待と不安を抱えながら反応を窺っていると、宗介は一呼吸置いた後で「そうか」と頷いた。

「おまえたちが互いに相手を選んだというなら、俺はそれを尊重する。許嫁だった頃から想い合っていたようだしな」

「ずっと悩んでたんだもんね。苦しかったよね。よかったね、ほたるくん」

綾乃の目にはうっすら涙が浮かんでいる。玄関で出迎えた後、急いで宗介に報せてくれたぐらいだ。気にかけてくれる人のいることにただただ感謝の気持ちしかなかった。

「ふたりはずっと一緒にいてくれなくちゃ。そしてしあわせになってくれなくちゃ」

「綾乃さん」

「これからは惚気もいっぱい聞かせてね。私も話すから！」

「なっ…」

わくわくと目を輝かせる綾乃の隣で宗介がにわかに慌て出す。滅多にない次期家元の動揺ぶりに、悪いとは思いながらも悠介と顔を見合わせて噴き出してしまった。

そんなふたりを見て綾乃が笑い、遅れて宗介も苦笑する。四人でこうしていられることがまだ夢のようで、それでもこれが現実なんだと思うと胸がじわじわと熱くなった。

「宗介さん、綾乃さん、ほんとうにありがとうございます」

この気持ちを少しでも伝えたくて、ほたるは再び頭を下げる。

「どうしたんだ、急にあらたまって」

「こうしていられることがしあわせで……どうしてもお伝えしたくなったんです。悠介さんと一緒にいることができるのもおふたりが助けてくださったおかげです。親身になって話を聞いてくれたり、助言をしてくれたり……ほんとうにありがとうございました。そしてもう一度受け入れてくださって心から感謝しています」

「ほたるくん」

「これからは悠介さんに、そして皆さんにもご恩返しをさせてください」

「そう言ってくれるのはうれしいが、自分のことも忘れないでくれよ」

ぽんと肩を叩かれてふり仰ぐと、悠介が複雑そうな顔で笑っていた。

「おまえはいつも自分を後回しにする。だがこれからは、俺にしてくれるのと同じように自分も大切にしてほしい。そうやってお互いを大事にしながら生涯をともにしていきたいんだ」

「悠介さん……」

「やれやれ。さっそく惚気られたか」

見れば綾乃だけでなく宗介まで笑っている。恥ずかしさのあまり身を縮こまらせるほたるをよそに、綾乃はにこにこしながら横にいる宗介をつついた。

「さっきの悠介さん、結婚式の誓いの言葉みたいだったね」

「言われてみればそうだな」

「ならいっそ、現実にしちゃおうか？」

いいことを思いついたとばかりに綾乃が宗介に耳打ちし、宗介がそれを弟に伝える。悠介から伝言を聞いた時には、それが現実の話だとすぐには理解が追いつかなかった。

「ほ…、ほんとう、ですか？」

「悠介さんとほたるくんがよければ」

宗介と綾乃がにっこり笑う。

ほたるはまっすぐに悠介を見上げ、そして満面の笑顔で頷いた。


ほたるが叶家に戻って三日後の夜、奥座敷は厳粛な空気に包まれていた。

眩いほどの金屏風《きんびょうぶ》を背に、悠介と肩を並べて座る。今夜ここで、ふたりの祝言《しゅうげん》が執り行われようとしていた。

斎主もいなければ、参列者も四人だけのごく内輪のものだ。ふたりが伴侶になることを家族としてささやかに祝おうとしてくれている、その気持ちがうれしくてほたるは涙がこみ上げそうになるのを何度もこらえた。

ふたりの祝言を挙げては、と言ってくれたのは綾乃だった。

なんの用意もないとほたるが慌てるより早く、彼女は自分が着た婚礼衣装を貸すと申し出てくれた。

形だけの関係でなくなった今、無理をして女性の格好をする必要はない——それを充分承知の上で、ほたるは自ら望んで白無垢《しろむく》に袖を通した。

綾乃の気遣いがうれしかったのもあるし、この場にいない両親への親孝行のような思いもあった。

そしてなにより、真っ白な身ひとつで悠介の隣に並びたかったのだ。

そっと横の恋人を見遣る。

紋付きの羽織袴を身につけた悠介は凛々しく、威厳のようなものさえ感じさせた。

——こんな素敵な人と、これから一生一緒に生きていくんだ……。

それはなんてしあわせなことだろう。

知らぬ間に思っていることが顔に出ていたのか、目だけをこちらに向けた悠介にふっと微笑まれた。

同じ気持ちでいてくれるのが気配からも伝わってくる。それをしみじみと噛み締めながら、ほたるはそっと目を伏せた。

ふたりの前には紋付きの羽織袴を着た宗哲と、黒留め袖で正装した文が座っている。

そこへ、同じく正装をした宗介が盃を三方に載せて運んできた。銚子を携えた綾乃がすぐ後に続く。

黒い着物に朱塗りの器が見事に映えた。

本来の神前式は参進からはじまって修祓《しゅばつ》や祝詞《のりと》奉上を行うが、神職も斎主もいないふたりの式でそれを適えることはできない。その代わり、三三九度で盃を交わし夫婦の契りを結ぶことはできると、義兄夫婦が神官と巫女《みこ》役を買って出てくれたのだ。

代々守り伝えられてきた叶の一部に自分もなるのだと思うと身が引き締まる思いがする。

当主夫妻が見守る前で、静かに三献の儀がはじまった。

宗介が三段に重ねた盃のうち、一番上の一の盃を取って悠介に渡す。そこに綾乃がお銚子を近づけ、一度、二度、三度目で御神酒《おみき》を注いだ。

悠介は一度、二度と口をつけ、三度目で一献目を呑み干す。その盃を宗介に返し、そのまま今度はほたるが受け取った。

軽いはずの朱塗りの盃が重く感じる。これから先、悠介と歩むことへの覚悟を問われているようで、盃を持つ手がかすかにふるえた。

悠介と一緒になることに迷いなんて微塵もない。ためらいもない。それなのに、どうしてこんなに泣きたくなるんだろう。

肩にあたたかなものが触れ、顔を上げると悠介が手を伸ばしてくれていた。その目が「大丈夫だ」と告げている。それにほっとすると同時に、この人でよかったと心から思った。

今や指先だけでなく、身体中が小刻みにふるえている。けれどそれは恐いからでも、不安だからでもなく、しあわせな気持ちで満たされて想いがあふれ出してしまいそうだからだ。

ゆっくりと深呼吸して気持ちを整え、待っていてくれた綾乃に目で応える。

綾乃は微笑み、先ほど悠介にしたようにほたるの盃に御神酒を三度にわけて注いでくれた。

ほたるも教えられたとおり、盃を一度、二度と傾け、三度目にそれを呑み干す。空になった盃は宗介を経由して再び悠介に渡り、同じように盃を空けて一の盃が終わった。

次に二番目に大きな二の盃を、今度はほたるから悠介、再びほたるの順で酌み交わす。最後は一番大きな三の盃を悠介からほたる、最後に悠介が空けて、恙《つつが》なく契りの儀式は終了した。

すべてを見守っていた宗哲がふたりの顔を交互に眺める。

「これにておまえたちは夫婦となった。私たちが証人だ。苦労もあろうが、これからはふたりで力を合わせて生きていってほしい」

「ありがとうございます。そのお言葉に恥じぬよう、ふたりで手を取り合って生きていきます」

決意を述べる悠介とともに、ほたるも畳に手を突いて深礼する。誇らしさと晴れがましさ、そしてあふれるほどのうれしさに胸の中がいっぱいになった。

ゆっくりと頭を上げ、宗哲に文、宗介、そして綾乃の顔を順番に見つめる。

はじめは反対した宗哲たちも、今やおだやかな顔をしてくれている。宗介は静かに微笑み、綾乃はうれし涙に鼻と目を真っ赤にしていた。

感謝をこめて再び一礼し、最後に隣の悠介を見上げる。

「ほたる」

愛しい人の目はどこまでも澄んで、このまま吸いこまれてしまいそうだ。

「これで正式におまえの伴侶だ。ほたる、俺について来てくれるか」

頼もしい言葉に一も二もなく頷き返した。

自分の心はずっとひとつだ。

「悠介さんとご一緒なら、よろこんで」

悠介が鳶色の双眼を細める。

ふたりはこれからはじまるしあわせな日々にそっと微笑み合うのだった。

いとし悠かに

熱い湯船に浸《つ》かった途端、ふぅ…、と息が洩《も》れる。

一週間の疲れが溜まった身体をゆっくりと伸ばしていきながら、悠介《ゆうすけ》は静かに目を閉じた。

このところ仕事が忙しく、遅くまで残業する日が続いている。せっかくほたるを連れ戻し、伴侶として新しい生活がはじまったばかりだというのに、ふたりでのんびりする時間も持てずにいた。

彼には申し訳ないことをしていると思う。

寂しい思いもさせているかもしれない。

それでもほたるは不満など口にすることなく、毎晩帰りの遅くなる自分を起きて待っていてくれるのだった。

悠介がいない間は綾乃《あやの》や文《ふみ》について家のことをし、夜に帰って来てからは甲斐甲斐しく世話を焼く。もう花嫁修業みたいなことはしなくていいんだと言っても首をふるばかりで、それどころか役に立ててうれしいのだと笑うほたるには感謝しかなかった。

今夜はいつもより早く帰れた。だから彼さえよければ、久しぶりにゆっくり話がしたい。

身の回りのこと、これからのこと。少し気が早いかもしれないけれど、あと半年もすればほたるは大学に復学し、この家から学校に通うことになる。通学に不便がないようにしてやりたい。勉強に必要なものも揃えなければ。

そういえば、大学ではどんなことを学んでいるんだろう。彼はどんなことに興味があるんだろう。将来はなにを目指しているのか――。

話したいことをあれこれ思い浮かべているうちに、子供のようにうずうずしている自分に気づいて悠介はそっと苦笑した。

「そんなに一度には話しきれないって笑われるな」

自分を落ち着かせるために、両手であたたかな湯を掬《すく》う。

彼が好きだと自覚してから一度は身体を繋《つな》げたけれど、心を添わすことができるようになるまでには時間がかかった。あえて距離を置いたし、一時はその行方さえわからなくなって地に足がつかない日々を送った。

それを思えば、今こうしていられることは夢のようだ。

回り道をした分、気持ちを確かめ合いながら時間をかけて寄り添えばいいと頭ではわかっているのだけれど、早く早くと気が急《せ》いてしまう。誰かを想ってこんなふうになる日がくるなんて想像もしたことがなかった。

しあわせだ、と心から思う。

彼にも同じように思ってもらえるように、そしてこれからもずっとそう在《あ》るように、自分にできる限りのことをしていきたい。ほたるが笑っていられるように。やさしい心を守れるように――。

気持ちも新たに風呂から上がる。

濡れた髪を拭《ふ》きながら部屋に戻ると、書きもの机に向かっていたほたるがぱっと顔を上げた。

「お帰りなさい、悠介さん」

「ただいま」

家に帰った時にも交わした挨拶《あいさつ》だけれど、何度口にしてもうれしいものだ。そんな思いは自然と表情に出ていたのだろう。ほたるもそっと口元をゆるめた。

「なにかいいことがあったんですか」

その隣に腰を下ろし、そっと肩を抱き寄せる。ほたるはわずかに驚いたようで、小さく「わ…」と声を出したものの、すぐに細い身体を預けてきた。

「ようやくおまえと、こうしてゆっくりできると思ってな。特に今週はほとんど時間を作れなかっただろう。すまなかった」

「そんな、気になさらないでください。お仕事ですから」

「そうは言ってもおまえが大事だ」

「もう。悠介さんたら」

腕の中でくすくすと笑うのがくすぐったい。揺れる黒髪に唇を寄せ、何度も頬擦《ほおず》りをしながらその感触を味わった。

「ほたるの匂いだ。不思議と落ち着く」

「ぼくも、こうしていると悠介さんの匂いに包まれて安心します」

「おまえもか」

「はい」

顔を上げたほたるがこくんと頷《うなず》く。

愛しい伴侶を見下ろしながら、悠介はしみじみと息を吐いた。

「こうしているだけで癒《い》やされる」

「最近とてもお忙しそうでしたもんね」

相槌を打ったほたるが、ふと、なにか思いついたように「そうだ」と顔を輝かせる。

「悠介さん。甘いものはお好きですか？」

「甘いもの？　まぁ、それなりにだが……どうしたんだ、急に」

答えないまま腕からするりと抜け出たほたるは、部屋の隅に置いてあった自分の鞄《かばん》から小さな包みを持って戻ってきた。

「実は今日、綾乃さんにデパートに連れて行っていただいたんです」

義姉の綾乃と言えば大の甘党だ。その彼女と地下のスイーツコーナーを練り歩いたのだと聞いて、思わず苦笑してしまった。

「それは大変な買いものになったんだろうな」

「綾乃さん、すごく詳しいんですよ。ぼくなんて見たこともないものばかりで圧倒されました」

「安心しろ。俺もだ」

そしてそれはおそらく夫である兄の宗介《そうすけ》も。

そう言うと、ほたるは悪戯っ子のようにくすくすと笑った。

「おまえもなにか買ってきたのか？」

「実は、これを……」

差し出されたのは十センチ四方の小箱のようだ。包装紙に包まれてはいるが、とてもシンプルで、なにより小さい。クッキーの詰め合わせやチョコレートのアソートのようなものを想像していたので意外だった。

「お土産です。疲れた時には甘いものをと思って」

「そういえば、はじめて家に来た時も抹茶飴をくれたっけな」

「悠介さんのことを思うとついつい、あれこれ買いたくなって困ります」

綾乃に相談したら「ほたるくんの惚気《のろけ》はほんとにかわいいねぇ」としみじみ言われたのだそうだ。むしろその話を聞きたいという気持ちをこらえつつ、悠介はそっとほたるの黒髪を撫でた。

「いつも気遣ってくれてありがとうな。開けてもいいか？」

「はい。どうぞ」

こんなにわくわくしながら包装紙を開けるなんていつぶりだろう。和紙が貼られた上品な箱の蓋《ふた》を持ち上げると、中に入っていたのは紅白くす玉の和三盆だった。

「これは……」

忘れもしない、はじめて会った時にあげたものだ。目を遣《や》ると、ほたるはうれしそうに「ふふ」と笑った。

「次は、悠介さんと一緒に食べたいなって思っていたんです」

「かわいらしいことを言う」

なるほど、綾乃が言うのもよくわかる。この小箱を買い求めた時もきっとそんな話をしたんだろう。

義姉なら、この菓子の意味も知っていただろうから。

「おまえが祝い菓子をお土産《みやげ》にしてくれるなんてな」

「え？」

ほたるはピンと来ないのか、無邪気に小首を傾げている。

「晴れて夫婦になったお祝いだろう？」

「え……あ、あの、これはそのっ……」

ようやく意味を理解したらしく、頬にはみるみる朱色が散っていった。しどろもどろになりながら俯こうとする頬を包み、そっと上向かせる。恥じらいに潤む黒い瞳を、きれいだな、と思った。

髪の上からそっと額に唇を寄せる。

「泣いてるおまえを慰めたくて、とっさにポケットに入ってた和三盆を渡したんだっけ。それがこうして今に繋がっているんだもんな……。あの時の自分を褒めてやりたいぐらいだ」

「あの、それならぼくも」

「ほたる？」

「悠介さんにくす玉をいただいて、お名前も教えていただいて……すごく、うれしかったから」

ほたるがふにゃりと頰をゆるめる。

それをがなんともかわいらしくて、見ていた悠介まで一緒になって相好を崩した。

「さて、それじゃさっそくいただこうか」

白い和紙の包みを開けると、中からは半分が白色、半分が淡紅色の砂糖菓子が出てくる。ちょうどくす玉のように半球状になっていて、包みを広げると同時に真ん中からふたつになった。

「俺とおまえみたいだな」

「悠介さんと、ぼく……？」

「白い方が俺、桜色の方がほたるのように見えないか。おまえの着ていた着物の色だ」

「わぁ」

ほたるが目をきらきらさせて菓子を見つめる。

「そんなふうに言っていただけるなんてうれしいです」

「心して味わわないとな」

桜色の和三盆を摘まみ、ほたるの口の前に持っていく。

はじめはきょとんとしていたほたるも、それがどういう意味かを察した途端またも頰を赤くした。

少し困ったように眉を寄せ、上目遣いにこちらを見上げる。しきりに目を泳がせるのがかわいくて、ついつい様子を見守ってしまったほどだ。

「あ、あの、……恥ずかしいです」

「俺たちしかいない。ほら、はたる。『あーん』だ」

和三盆で唇をちょんちょんとつつくようにして促すと、ほたるがおずおずと口を開く。その隙間《すきま》から覗《のぞ》くピンク色の舌に菓子を載せた途端、目元をゆるめ、とろけそうな顔になった。

「うまいか」

「はい。とっても」

その表情を見ているだけでこちらまでうれしくなってくる。仕事の疲れなんてどこかへ吹き飛んでいって、胸の中があたたかなもので満たされた。

「こうしていると、おまえ自身が俺には最高の秘薬なんだと実感する」

「どういう意味ですか？」

「ほたるのそんな表情が見られるのは俺だけの特権だと言ったんだ。他のやつらには内緒だぞ」

「……もう」

苦笑するほたるに白い和三盆を差し出され、同じように口を開ける。指で摘《つ》まんでいる間は確かに形があったはずなのに、舌の上に載せた途端ほろりと溶け、やさしい甘みが広がっていった。

「あぁ、いい味だ。おまえが選んできてくれたものだから、なおうまく感じる」

これでお薄があったら言うことはないのだけれど。

すぐにでもほたるとお茶を点《た》てたくなり、そんな自分に気がついて悠介は内心苦笑した。

今夜はゆっくり話をしようと決めたのだ。それに、お茶の稽古《けいこ》なら明日の土曜日に予定している。

その際のお干菓子にするのがいいだろう。

新しい包みを開けながら、ふと、いいことを思いついた。

「そうだ。白い方も食べてみるか？」

「え？　お味が違うんですか？」

ほたるが素直に首を傾げる。

噴き出しそうになるのをこらえて白い和三盆を舌に載せると、悠介はそっと伴侶を引き寄せた。

「きっと、もっと甘いはずだ」

「そういう意味だったんですね。もう、悠介さんには敵いません」

「俺もおまえには敵わないよ」

くすくすと笑いながらゆっくりと唇を重ね合う。

ふたりだけの夜。

口移しの砂糖菓子はこれ以上ないほど甘く、とびきりしあわせな味がした。

あとがき

こんにちは。宮本《みやもと》れんです。

『はつ恋ほたる』お手に取ってくださりありがとうございました。

昨年、紅茶と中国茶のお話を書かせていただきまして、お茶にまつわる第三弾はお抹茶の本になりました。今回は年の差、身分差、期間限定の恋をテーマにお送りしましたが、お楽しみいただけましたでしょうか。

私の両親はお茶を嗜んでおりまして、父が家でお茶を点てたり着物を着たりするのを日常的に見て育ったため、私にとって茶道はとても身近なものでした。実家を離れて久しく、長い間お稽古もしていなかったのですが、本作を書くにあたってあらためて基礎から学び直したりと再びお茶に向き合ういいきっかけにもなったように思います。

作中の叶《かのう》派に具体的なモデルはありませんが、お茶の心得のある方には作法の描写から「あの流派ね」とおわかりになるかもしれませんね。この本が、読んでくださった方々に差し上げる一服のお茶のような存在になれていたらこれ以上のことはありません。

余談ですが、本編のタイトルにほたるの名前を入れたので、巻末ＳＳは悠介《ゆうすけ》の「悠」の字を取ってつけました。「悠」には「想う」「悠か」という意味があります。ふたりの名前を冠したふたつのお話、気に入っていただけましたら幸いです。
さて――実は、おかげさまでこの本で刊行十冊目、デビュー四周年を迎えます。
四年前の同じ日、同じくリンクスロマンス様からデビュー作を刊行していただき、また
こうして同じタイミングで一区切りさせていただけることにただただ感謝するばかりです。
応援し続けてくださった読者様がいらしたからこそ、またどんな時も前向きに二人三脚で
作品作りをしてくださった担当K様がいたからこそです。ありがとうございました！
本作を素敵なイラストで飾ってくださった千川夏味《せんかわなつみ》先生にも心から御礼を申し上げます。
カバーイラストを拝見した時のあの感動が忘れられません。絵でふたりをしあわせにして
くださって、ほんとうにありがとうございました。私の宝物です。
かわいいカバーデザインに仕上げてくださったデザイナー様にも心から感謝です。
よろしければご感想をお聞かせください。編集部宛にお手紙をくださった方を対象に、
十冊目&四周年記念の個人的な企画もやりたいと思っています。情報は随時ツイッター
（@renm_0130）でお知らせしていきますね。
最後までおつき合いくださりありがとうございました。
それではまた、どこかでお目にかかれますように。

二〇一七年　サクラサク、よろこびの春に　　宮本れん

この本を読んでの
ご意見・ご感想を
お寄せ下さい。

〒151-0051
東京都渋谷区千駄ヶ谷4-9-7
(株)幻冬舎コミックス　リンクス編集部
「宮本《みやもと》れん先生」係／「千川夏味《せんかわなつみ》先生」係

リンクス ロマンス

はつ恋ほたる

2017年4月30日　第1刷発行

著者…………宮本《みやもと》れん
発行人…………石原正康
発行元…………株式会社　幻冬舎コミックス
〒151-0051　東京都渋谷区千駄ヶ谷4-9-7
TEL 03-5411-6431（編集）
発売元…………株式会社　幻冬舎
〒151-0051　東京都渋谷区千駄ヶ谷4-9-7
TEL 03-5411-6222（営業）
振替00120-8-767643
印刷・製本所…株式会社　光邦
検印廃止

ISBN978-4-344-83985-4 C0293
Printed in Japan

幻冬舎コミックスホームページ　http://www.gentosha-comics.net